Barbara Bartos-Höppner
Mädchengeschichten unserer Zeit

Barbara Bartos-Höppner

Mädchengeschichten unserer Zeit

Neue Erzählungen bekannter Schriftsteller
für junge Mädchen von heute

Mit Beiträgen von:
Katherine Allfrey, Barbara Bartos-Höppner, Irmela Brender, Erna Donat,
Ingeborg Engelhardt, Eveline Hasler, Kurt Lütgen, Eva Rechlin, Hans
Peter Richter, Irene Rodrian, Karl Rolf Seufert, Zdeněk K. Slabý,
Cili Wethekam und Rudolf Otto Wiemer

Illustriert von Aiga Rasch

Barbara Bartos-Höppner

Neue Erzählungen bekannter Schriftsteller
für junge Mädchen von heute

Mit Beiträgen von:
Katherine Allfrey, Barbara Bartos-Höppner, Irmela Brender, Erna Donat,
Ingeborg Engelhardt, Eveline Hasler, Kurt Lütgen, Eva Rechlin, Hans
Peter Richter, Irene Rodrian, Karl Rolf Seufert, Zdeněk K. Slabý,
Cilli Wethekam und Rudolf Otto Wiemer

Illustriert von Aiga Rasch

1. Auflage 1974
© 1974 by Arena-Verlag Georg Popp Würzburg
Alle Rechte vorbehalten
Schutzumschlag und Illustrationen: Aiga Rasch
Gesamtherstellung: Tagblatt-Druckerei KG, Haßfurt
ISBN 3 401 03699 8

Arena

Inhalt

Caroline, über Wiesen laufend

Für ein Mädchen, das noch nie einen Freund gehabt hatte, war Joschi so etwas wie — wie . . . Caroline fiel nur das Wort Wunder ein. Joschi sah gut aus, Joschi war lustig, Joschi war freundlich, Joschi spielte Gitarre, Joschi unterhielt alle, Joschi hatte ein Motorrad — und vor allem: Joschi mochte Caroline. Darüber war Caroline nicht so verwundert wie die meisten ihrer Freundinnen. Sie hatte schon immer gewußt, daß eines Tages jemand kommen werde, der ausgerechnet sie, die dünne, blasse Caroline, mochte. Denn statt dünn konnte man auch schlank sagen, statt blaß auch zart, statt »die hat ja nix zu sagen«, konnte auch einer finden: »Die hört gut zu.«

Aber wenn man in der achten Klasse, in der die meisten Mädchen, nicht nur die Wiederholer, schon den zweiten oder dritten Freund hatten, noch nicht einmal von dem ersten erzählen konnte, dann galt man fast als verschmäht. Caroline hatte sich nie so gefühlt. Auch ohne Freund war sie immer beschäftigt genug und glücklich gewesen.

Aber mit Joschi war es besser. Mit Joschi konnte sie zu Parties gehen und beneidet Stehblues tanzen, mit Joschi konnte sie durch die Stadt streifen, Schallplatten in einem Laden anhören und lachend wieder gehen, auf dem Rummel Autoscooter fahren und im Kino seine Hand halten. Mit Joschi erlebte Caroline Szenen, die sie schon oft gesehen, von denen sie gelesen hatte, von denen sie wußte, daß sie zu den Jahren gehörten, die sie jetzt durchlebte. Erleben, dachte Caroline, durchleben — ja, mit Joschi war es immerzu Leben, LEBEN, in riesigen Buchstaben geschrieben, wie man sie an Reklamewänden, auf Plattenhüllen und im Fernsehen sah.

7

Caroline sah das Bild, das andere von ihnen haben mußten: Sie zart und schlank, er groß und dunkel, beide lachend, gepflegt, voll Leben und jung — es war perfekt. Und dann Caroline, über Wiesen laufend, ganz langsam in Zeitlupe, so daß ihr Blusenkragen sich langsam hob und senkte und ihr Haar ganz weich im Wind schwang, dahinter, halb von ihr verdeckt, Joschi, der behutsam nach ihrer Hand griff, im langsamen Laufen . . .

Nein, dieses Bild hatte es noch nicht gegeben mit Joschi und ihr, sie hatte es anderswo gesehen. Aber es gehörte dazu, das wußte Caroline, und sie würde es noch erleben. Vielleicht heute noch, auf diesem Ausflug. Zehn Kilometer Landstraße, das schaffte das Motorrad in etwa fünfzehn Minuten, dann waren sie am Ziel, trafen die anderen zum Picknick, und anschließend . . . Das Motorrad bockte und riß Caroline unsanft aus ihren Träumen. Joschi bremste, und hart an der Straßenböschung kamen sie zum Stehen.

»Ist was?« fragte Caroline.

»Klar ist was. Aber was? Verdammter Ofen!« Joschi stieg ab und hockte sich vor das Motorrad.

»Du wirst es schon wieder hinkriegen«, sagte Caroline und strich sich die Haare aus der Stirn.

»Dein Wort in Gottes Ohr — bloß heute wird er taub sein. Ich habe keine Ahnung. Da kann alles Mögliche kaputt sein.«

Caroline lächelte immer noch. Jungen wie Joschi kannten sich aus. Sie beugte sich über die Böschung und fing an, Gänseblümchen zu pflücken.

»Du mußt ins nächste Dorf und jemand holen.« Joschi trat auf den Anlasser, aber der Motor sprang nicht an. »Benzin ist noch drin, daran kann's nicht liegen. Aber was sonst los sein könnte, weiß ich nicht. Schließlich habe ich das Ding erst seit drei Wochen. Und bezahlt hab' ich's dem Kumpel, der es vor mir hatte, auch noch nicht. Na, vielleicht kommt's jetzt gar nicht mehr dazu. Los, Caroline, geh schon.«

»Es sind noch zehn Kilometer«, sagte Caroline und pflückte ein paar Blätter zu ihrem Strauß. »Das ist viel zu weit.«

»Nicht laufen — trampen«, sagte Joschi. »Bei Mädchen halten sie eher.«

»Autostop?« fragte Caroline ungläubig.

»Na klar.«

»Das darf ich nicht«, sagte Caroline. Autostop gehörte zu den wenigen Dingen, die ihr von zu Hause aus verboten waren, und Caroline sah ein, warum. Jeder wußte, was bei Autostop mit jungen Mädchen passieren konnte.

»Autostop mache ich nie im Leben.«

Joschi hob den Kopf. Er war rot im Gesicht vom Bücken, und die Haare klebten ihm verschwitzt in der Stirn. Er sah nicht mehr so gut aus. »Hör mal, hast du sie noch alle? Das ist eine Notlage. Ich krieg' die Karre nicht mehr flott, da kannst du an mich glauben, wie du willst.«

»Ich mache keinen Autostop«, sagte Caroline nicht unfreundlich, aber bestimmt.

»Okay, Prinzessin auf der Erbse. Dann mußt du dich eben hier neben das Motorrad setzen und warten, bis ich zurückkomme. Aber bei mir wird's länger dauern. Bei einem Kerl, noch dazu mit langen Haaren, hält keiner so schnell.«

»Du willst mich hier allein sitzen lassen?«

»Na klar, einer muß bei der Maschine bleiben. Sonst kann doch alles Mögliche geklaut werden. Ich sag' dir ja, das Ding ist noch nicht bezahlt.«

Caroline erklärte es ihm freundlich und sachlich, wie man es tun mußte, damit das schöne Bild nicht verdorben wurde — das Bild von einem Jungen neben einem Motorrad und einem Mädchen, das Blumen pflückte. Es war zu gefährlich, wenn sie hier allein sitzen blieb. Jeder Autofahrer konnte anhalten, sie in den Wagen zerren und wer weiß was mit ihr tun. Trampen kam nicht in Frage. Es blieb nichts anderes übrig, als daß sie zu zweit die zehn Kilometer bis zu den anderen liefen, wenn es schon sein mußte. Und das Motorrad blieb dann eben allein. Was war wichtiger — sie oder das Motorrad? »Das mußt du doch einsehen, Joschi. Was ist wichtiger — das Motorrad oder ich?«

Joschi trat dicht auf sie zu. Sein Gesicht war jetzt noch röter, auf der Stirn und unter der Nase hatte er kleine Schweißperlen. »Du meinst das ernst?« »Natürlich«, sagte Caroline lächelnd und hielt ihm die Blumen hin. »Sind die nicht hübsch?«

»Blöde Ziege«, sagte Joschi, drehte sich um und ging mit erhobenem Daumen die Landstraße entlang. Caroline hatte noch nicht ganz verstanden, was geschah, da war Joschi schon zweihundert Meter entfernt, ein Auto fuhr an ihr vorbei und hielt neben ihm, Joschi sprach mit dem Fahrer und stieg ein. Als der Wagen wieder startete, schleuderte er ein Staubwölkchen hoch.

»Joschi!« rief Caroline hinter dem Auto her. »Joschi! Du kannst doch nicht — ich habe dir doch erklärt — Joschi!«

Das Auto war schon nicht mehr zu sehen.

Caroline fing an zu weinen. Sie hatte kein Taschentuch dabei. Sie fuhr sich mit der Hand übers Gesicht und sah hoch. Blöde Ziege, von wegen! Verdammtes Motorrad! Sie würde — o nein, sie würde nicht! Während sie den Picknickkorb vom Gepäckträger band, sah sie Bilder vor sich von Dingen, die mit Mädchen passierten, wenn sie allein am Landstraßenrand saßen und warteten, bis ein Auto kam und hielt und . . .

Caroline lief. Sie weinte immer noch, und die Nase rann ihr, und sie mußte den Picknickkorb abwechselnd in die rechte und in die linke Hand nehmen. Und so lief Caroline über die Wiesen.

IRENE RODRIAN

Coconut

Rot. Blau. Pepe starrte immer noch 'rüber. Flackerndes Grün. Er ließ sie
nicht aus den Augen. Bernsteingelb. Die »Kinks« spielten »Got to be free«.
Rita nahm den Ton etwas zurück und legte »The Doors« auf den Teller.
Das »Coconut« füllte sich allmählich, die meisten drängelten sich auf der
Tanzfläche, aber ein paar blieben auch an der Bar. Der blonde Junge mit
dem gestreiften Hemd zum Beispiel. Er war mit dem letzten Touristen-
schwarm hereingekommen und gleich an der Tür stehengeblieben. Ein
Deutscher. Das hatte sie gehört, als er bei Pepe eine Cola bestellte. Er war
jünger als die meisten hier, siebzehn vielleicht, und obwohl eine ganze
Menge Mädchen allein hier waren, hatte er offenbar keine Lust zum Tanzen.
Rita regulierte den Ton und schaltete das UV-Licht ein. Violette Geister-
stimmung. Das weiße Kleid eines Mädchens flirrte im Kreis. Ihr Typ hatte
Tennisschuhe an, die wie losgelöste Einzelwesen im Takt der Musik her-
umsprangen. Trotz der Dunkelheit spürte sie Pepes Blick von der Seite.
Mariano kam mit einem Tablett von den Tischen zurück. Er lachte, und
seine Zähne leuchteten wie Phosphor.

Der Junge vor ihr bewegte sich nicht. Die weißen Streifen auf seinem Hemd
zeichneten seine Figur gegen die Wand. Groß und schmal. Rita schaltete
auf Rot und dann auf Gelb. Er sah sie an. In dem kognakfarbenen Licht
glühte sein Gesicht, aber gegen die anderen war er noch blaß. Mit solch
einer Haut würde er auch wohl nie ganz braun werden. Ein Mann mit
Glatze und einem blauen Frotteehemd, das über dem Bauch kaum zuging,
kam herein. Wirkte verloren, schaute sich um, als wäre er im Zirkus und

nicht in einer Diskothek. Er wollte ein Bier, konnte kein Spanisch. Rita
übersetzte und war froh, daß Pepe etwas zu tun bekam und nicht mehr
dauernd 'rüberschauen konnte. Sie nahm eine Platte von »The Who« aus
der Hülle.

Der Junge grinste plötzlich. »Sie sprechen deutsch?«

Rita nickte. »Ein bißchen«, merkte, daß sie rot wurde, ärgerte sich. Die
nächste Nummer war »Oye Como Va«, die mochte sie besonders. Er anscheinend auch.

»Dufte Platten habt ihr hier.«

»Na und?« Rita drehte sich um, kramte in den Platten herum. Was die sich
nur immer einbildeten. Daß es in Spanien keine guten Platten gab, oder
was!

»Ich hab' die gleiche daheim«, sagte er hinter ihr. Sie wandte sich wieder

13

um. Er hatte es nicht herablassend gemeint, schien sich echt zu freuen. Deutete auf die anderen Platten. »Darf ich mal 'reinschauen?«

Sie lächelte, und er kam auf ihre Seite. Pepe schaute herüber. Das Frotteehemd schien sich über etwas zu ärgern, ging, obwohl sein Glas noch halbvoll war. Pepe fluchte hinter ihm her. »Idiotas! Hab' die Nase voll, dauernd vor denen zu dienern.« Aber er sah dabei nur den Jungen an.

Der hatte eine Platte von »Santana Abraxas« herausgesucht, hielt sie ihr hin. »Wirklich Klasse. Hätte nicht gedacht, daß es so was hier gibt.«

Rita fuhr herum. »Ach nein, was glaubt ihr eigentlich? Daß es alles nur in Deutschland gibt?«

Er zuckte etwas zusammen, legte die Platte hin. »Hab' ich was Blödes gesagt? Tut mir leid.«

Rita bediente die Lichtanlage. »Schon gut.«

Er grinste erleichtert. »Meine Eltern haben mich mit hergeschleppt. Und im Prospekt stand nur was von langen Stränden und ewiger Sonne. Da steh' ich nicht so drauf.«

Rita legte rechts eine neue Platte auf. »Um ehrlich zu sein, so lange gibt es das ›Coconut‹ noch gar nicht. Und die Platten bekommt man auch nicht hier. Nur in Madrid oder in Barcelona. Oder in Frankreich drüben.« Grün. Gelb. UV.

Seine Zähne leuchteten, als er lachte. »Wer hat denn gesagt, daß es in Deutschland nur Großstädte gibt?«

Jemand packte plötzlich ihren Arm. Pepe. »Der Chef mag das nicht«, zischte er. »Wenn Gäste hier oben sind.«

Sie riß sich los. »Er sieht es ja nicht, oder?« Grün, Blau. Pepe warf dem Jungen einen wütenden Blick zu und ging wieder auf seine Seite der Bar hinüber.

Der Junge sah ihm nach. »Ist das dein Freund?«

Rita schüttelte den Kopf. »Nicht so, wie du denkst. Wir kennen uns nur schon sehr lange, das ist alles.«

Er musterte sie nachdenklich. »Sah aber so aus, als wäre er eifersüchtig.«

Rita mußte lachen. Sah ihn voll an. »Auf wen denn?«

Aber er wurde nicht rot. Nicht einmal verlegen. Zuckte nur die Achseln und sagte: »Ich heiße Paul.«

Um ein Uhr nachts machten sie Schluß. Die Zeit kam ihr eigentlich nie lang vor. Auch wenn es im Sommer sehr heiß war, weil die Klimaanlage nicht mehr mitkam, auch wenn die dicken und polternden Touristen sich betranken und herumgröllten, auch wenn immer wieder Platten verlangt wurden, die sie nicht so gern mochte. Trotzdem war es heute anders. Weil dieser Paul da war. Weil sie sich mit ihm unterhalten konnte. Weil er anders war, als die meisten Touristen, und auch anders als die spanischen Jungen.

»Wo wohnst du?« fragte sie ihn.

»Im Bella Vista.« Er suchte eine Platte von den »Rolling Stones« heraus.

»Aber das ist ja am anderen Ende der Insel. Wie kommst du dahin?«

Er machte eine wegwerfende Handbewegung. »Wie ich hergekommen bin, zu Fuß. Ich hab' Zeit.«

Die ersten Gäste gingen. Rita ließ das Blaulicht flackern. »Wenn du magst, kann ich dich ein Stück auf meinem Moped mitnehmen.«

Er grinste leicht. »Okay.«

Kurz nach eins begann Mariano an den Tischen zu kassieren und abzuräumen. Pepe klapperte mit Flaschen und Gläsern.

»Rita, oige«, rief er herüber, ohne aufzusehen. »Ich hab' ein Auto dabei. Fährst du mit?«

Sie packte die Platten zusammen. »No, gracias.«

Pepe klapperte lauter. »Du kannst dein Moto dalassen. Ich bring' dich morgen wieder her.«

Sie nahm die letzte Platte vom Teller. »Ich habe no gesagt!«

Pepe murmelte etwas von Gringos, Paul sah von einem zum anderen. Sie war froh, daß er kein Spanisch verstand.

Auf dem Platz vor dem »Coconut« machte Pepe einen Mordskrach mit sei-

nem Seat. Er ließ den Motor aufheulen und wendete mit zuviel Gas. Sand
stäubte hoch. Paul setzte sich auf den Gepäckträger ihres Mopeds, und sie
zeigte ihm, wo er die Füße aufstützen konnte. Der Sandweg war weich, und
Rita hatte Mühe, das Moped geradezuhalten. Dann hörte sie den Seat von
Pepe heranjagen, gab auch Gas, um sicherer zu fahren. Er überholte und
schnitt sie so knapp, daß seine Hinterräder schleuderten.
Rita spürte Pauls Hände, die sich vor Schreck am Sattel festkrampften.
Dann war Pepe vorbei, und auch die Sandwolke, die er aufgewirbelt hatte,
legte sich. Der Fahrtwind war warm und wurde auch draußen, als sie
schneller fahren konnte, nicht viel kühler.
Rita hielt an der Kreuzung nach San Fernando und ließ Paul absteigen.
»Jetzt ist es nicht mehr weit«, sagte sie und deutete auf das hellerleuchtete
»Bella Vista.«
Paul blieb neben ihr stehen. »Und wo wohnst du?«
Rita schaute zu dem kleinen Bauernhaus an der Straße, zeigte aber nur
vage in die Richtung. »Da hinten.«
Paul legte eine Hand auf den verchromten Lenker. »Was machst du mor-
gen?«
Sie konnte in der Dunkelheit nur seinen Umriß erkennen. »Warum?«
Der Umriß hob die Schultern. »Wenn du Lust hast, könnten wir uns am
Strand treffen. Ich hab' einen Cassettenrecorder dabei, paar ganz gute Bän-
der.«
Sie wußte nicht, ob er sie ansah. »Acuerdo. Einverstanden. Und wo?«
Seine Finger knipsten am Lichtschalter herum. »Ich kenn' noch nicht viel.
Wir sind immer bei der Bambusbar, da ist Sandstrand. Meine Eltern, weißt
du . . . Ich hab' lieber Felsen, zum Tauchen . . .« Er brach ab. Ein Auto fuhr
vorbei, irgendwo bellte ein Hund.
»Kennst du den blauen Kiosk?« Sie sah, daß er nickte.
»Dreihundert Meter weiter ist eine kleine Bucht hinter den Klippen. Da
können wir uns treffen.«

16

Er ließ den Lenker los, hielt ihr die Hand hin. »Okay. Bis morgen.«
Sie nahm die Hand. »Adiós, Pablo.« Leise. »So heißt du auf spanisch.« Sie merkte, daß er ihre Hand noch immer festhielt. Zog sie zurück und trat das Moped an, ohne sich noch einmal nach ihm umzusehen.

Sie lagen nebeneinander auf seinem blauen Badetuch, und die Felsen unter ihnen glühten in der Sonne. Zum erstenmal sah Rita das Meer mit den Augen der Touristen. Violett — türkis mit weißen Schaumhütchen unter einem tiefblauen Himmel. Paul legte eine Jimmy-Hendrix-Cassette in den Recorder. »Ich hab' mir nie so viel aus Meer und Strand gemacht, aber so ist das schon okay.«
Sie lachte. »Ich habe gerade etwas ganz Ähnliches gedacht. Das Meer ist für uns der Kühlschrank, aus dem wir unsere Fische holen, und der Strand ist wertlos, weil kein Weizen darauf wächst. Früher wäre hier niemand auf die Idee gekommen, freiwillig ins Wasser zu springen.«
Er setzte sich halb auf und schaute auf sie herunter. »Ich hab' nie darüber nachgedacht. Aber ich glaube, wir Touristen müssen euch ziemlich komisch vorkommen.«
Sie legte sich auf den Rücken und blinzelte in die Sonne. »Ja, zuerst schon, aber jetzt . . .« Sie zögerte, sah an ihm vorbei. »Früher hätte ich hier nie so im Bikini liegen dürfen.«
Er sah sie an, lächelte. »Fürchterliche Vorstellung.«
Sie setzte sich ebenfalls auf. »Und all das andere . . . Wir verdienen nicht schlecht an eurem seltsamen Sonnenhunger.« Er trug eine Sonnenbrille, sie konnte seine Augen dahinter kaum erkennen. Plötzlich mußte sie an Pepe denken. Als sie fortfuhr, war ihre Stimme sehr leise. »Pepe ist nicht froh darüber. Er haßt es, immer freundlich sein zu müssen, immer zu dienern. Er sagt, früher waren wir arm aber frei.«
Sein Gesicht war so dicht bei ihrem, daß sie die blonden Barthaare auf seiner Oberlippe sehen konnte. »Und du?« fragte er ebenso leise.

Sie hob eine Hand, wollte ihm die Sonnenbrille abnehmen, berührte aber nur seine Schulter. »Du mußt aufpassen. Du bist die Sonne nicht gewöhnt. Sie wird dich verbrennen, bis du aussiehst wie ein Krebs in der Suppe.«
Er lachte nicht. Hörte gar nicht zu. Hob nur eine Hand und legte sie auf ihre Hand. Sein Mund war sehr nah. Seine Lippen schmeckten nach Salz.

Er kam jeden Abend ins »Coconut«. Einmal brachte er seine Eltern mit. Eine rundliche Frau um die Vierzig, die sie die ganze Zeit über verstohlen musterte, und, wenn sie sich dabei ertappt fühlte, verkniffen lächelte. Und ein hagerer Mann, der in der verräucherten Luft immer wieder übertrieben hustete und fragte, ob es in Spanien nicht verboten sei, mit sechzehn Jahren nachts in einer Bar zu arbeiten. Sie gingen sehr früh, und Rita war froh darüber. Sie erinnerten sie zu sehr an all die anderen lauten und sonnen- verbrannten Touristen, die im Sommer über ihre Insel herfielen wie ein Heuschreckenschwarm und so taten, als würde alles ihnen gehören, weil sie mit harter D-Mark bezahlen konnten.
Pablo war anders. Er interessierte sich für die Insel und fragte sie nach ihren Eltern und ihrem Leben. Pepe verstand das nicht. Sie hatte versucht, ihm zu erklären, warum sie Paul gern hatte. Aber er hatte sich nur abge- wandt und »mierda« gesagt. Seitdem tat er so, als gäbe es weder sie noch Pablo. Aber es gab ihn. Er stand jeden Abend neben ihr und half ihr, die Platten herauszusuchen und die Lichtanlage zu bedienen. Rot. Blau. Gelb. Er erzählte ihr von den Diskotheken in Köln und den Flippersaloons und seinen Freunden. Er erzählte ihr von einem Leben, das sie nur aus Illu- strierten und aus dem Fernsehen kannte.
Er gab ihr eine »Pink-Floyd«-Platte, ihre Hände berührten sich. Die Tanz- fläche war voll, Pepe klapperte mit den Gläsern. Sie schaltete das UV-Licht an und konnte nur noch Pauls weiße Zähne erkennen, als er sich zu ihr herüberbeugte. »Was heißt ›Ich liebe dich‹ auf spanisch?« Er küßte sie.
»Te quiero«, sagte sie leise, und er wiederholte es. »Te quiero.«

Sie lagen auf ihrem Felsen in ihrer Bucht, und Jim Morrison sang »Indian Summer«. Paul war doch ziemlich braun geworden, auch wenn er neben ihr nur rosa wirkte.

»Am Sonntag ist ›matanza‹ bei uns im Haus. Mein Bruder heiratet. Das ist ein großes Fest, und du bist hiermit eingeladen.« Sie lachte, als sie an ihre Angst in den ersten Tagen dachte, ihm das Haus ihrer Eltern zu zeigen. Den kleinen weißen Würfel mit den vier Räumen, der großen Küche mit dem offenen Kamin, vor dem ihre Mutter saß und Fische putzte. Dann sah sie sein Gesicht. »Was ist los?«

Er starrte ausdruckslos aufs Meer hinaus. »Was heißt ›matanza‹? Hochzeit?«

Sie schüttelte den Kopf. »Nein, das ist ein Schlachtfest. Für die Hochzeit.« Sie dachte, er würde lachen, aber sein Gesicht blieb starr. Drehte sich langsam zu ihr hin. »Te quiero«, sagte er leise.

Sie verstand ihn nicht. »Ist das ein Grund, mich so anzusehen? Te quiero tambien. Ich liebe dich doch auch.«

Er sah sie an, wandte sich plötzlich ab. »Der Urlaub ist um. Wir fahren am Samstag.«

Sie rührte sich nicht, brachte keinen Ton heraus. Sie hatte vergessen, daß er nur für drei Wochen hier war. Daß er ein Tourist war wie die anderen. Daß er einer von denen war, die kamen und gingen, die man kennenlernte und wieder vergaß, weil neue kamen. Sie sah zu, wie er sich über den Recorder beugte und eine »Los-Incas«-Cassette hineinschob. Ich darf nicht weinen, dachte sie. Jedenfalls nicht, wenn er dabei ist. Pepe hat recht gehabt. Sie kommen und nehmen, was sie bekommen, und dann gehen sie wieder. Heim in ihre neonerleuchteten Städte und in ihre teppichgepflasterten Wohnungen. Nein, weinen werde ich nicht. Dann sah sie, daß er immer noch in der gleichen Stellung über dem Cassettenrecorder hockte, daß seine Schultern zuckten. Sie berührte ihn, er drehte sich langsam zu ihr um, die Gläser seiner Sonnenbrille waren beschlagen.

»Komm mit«, sagte er leise. »Ich liebe dich. Bitte, komm mit.«

Jetzt hätte sie gern geweint. Sie konnte nicht.

»Ich soll mitkommen?« fragte sie nur.

Er nickte heftig. Drehte sich zu ihr um, packte sie an den Schultern. »Ja, komm mit. Nach Köln. Du kannst doch genausogut in Köln arbeiten. Und ich kann meine Schule fertigmachen. Wir könnten uns jeden Tag sehen, wir könnten zusammen ins Kino gehen oder in Diskotheken, ich würde Spanisch lernen . . .«

»Und ich?« unterbrach sie ihn. Er stockte, sah sie an, sie rückte ein Stückchen von ihm weg. »Und was würde ich tun? Dein Vater hat gesagt, in Deutschland kann man in meinem Alter noch nicht in einer Diskothek arbeiten. Aber das macht mir Spaß. Was könnte ich sonst tun?«

Er wollte sie an sich ziehen. »Das ist doch unwichtig.«

»Nein, für mich nicht.«

Er überlegte. »Du bist 16. In der Fabrik, wo mein Vater arbeitet, da würdest du jederzeit 'reinkommen. Oder bei seinem Chef, der sucht ein Mädchen.«

»Ein Mädchen?«

Er sah verlegen aus, schaute weg. »Na ja, eben ein — ein . . .«. Er kam nicht weiter, sie half ihm.

»Ein Dienstmädchen?«

»Ja, und?« Er fuhr auf. »Was ist denn dabei? Ich meine, das ist doch auch eine Arbeit. Und du kannst einiges dabei verdienen. Mehr jedenfalls als hier.«

»Sicher«, sagte sie, »viel mehr. Aber bei euch ist auch alles viel teurer, und ich müßte mir ein Zimmer suchen.«

»Ich werde dir dabei helfen. Wir werden immer zusammen sein. Du wirst dir schicke Klamotten kaufen können und einen Haufen eigene Platten!«

Er wollte sie wieder umarmen, sie wich ihm aus.

»Könnte ich auch auf eine Schule gehen?«

Er ließ den Arm sinken. »Ich weiß nicht, so leicht ist das nicht, aber du kannst doch schon deutsch, was willst du mehr. Ich meine, es wäre doch ein ganz anderes Leben als hier . . .«

Sie schwieg. Es wurde dunkel. Als sie aufstand, packte er die Sachen zusammen.

Im Pinienwald stand noch die Hitze des Tages, die Zikaden lärmten. Er trug den Korb mit den Badesachen über der linken Schulter, den rechten Arm hatte er um sie gelegt. Sie dachte an ihr Leben hier, an ihre Eltern und an Pepe und an das »Coconut«. An die Sprachkurse im Winter und an die Schule in Barcelona, die sie vielleicht doch einmal würde bezahlen können. Und an die Insel, an ihre Insel, auf der alles erst anfing. Und dann dachte sie an das Land, aus dem Pablo kam, dieses fremde Land, voll von diesen dicken und polternden Touristen, in dem es nur wenige Pablos gab.

Sie begann zu frieren, und er hielt sie fester. Sie blieben stehen und sahen sich an.

»Du kommst mit, ja?« fragte er noch einmal.

Sie legte die Arme um seinen Hals, der Korb fiel in den Sand. Sie küßten sich.

»Ich bin so froh«, flüsterte er.

Sie beugte sich etwas zurück, berührte mit dem Finger seine Nasenspitze.

»Ich werde zum Hafen kommen, am Samstag.«

Er bewegte sich nicht. »Zum Hafen? Nur zum Hafen?«

Sie lächelte, ohne es zu wollen. Ihr Gesicht lächelte von allein. »Vielleicht kommst du nächstes Jahr wieder.« Er antwortete nicht. Sie bückte sich und hob den Korb auf. Te quiero, dachte sie. Aber nur hier, nur solange ich frei bin.

Ein schnelles rotes Auto

Der Lieferwagen war ein altes, mausgraues Modell, das vorn über dem linken Kotflügel verbeult war. Über der Hecktür war die schon etwas unleserliche Aufschrift zu entziffern: »Kinderheim Lindenhof«.

Steffi schaltete, um die Steigung zu nehmen. In der Kurve rumpelten die Orangenkisten. Ein paar Früchte kollerten über das Ladebrett.

In der Lindenallee gab sich Steffi wie üblich der Illusion hin, in einem Sportcoupé zu sitzen. Sie dachte sich den Wagen rot und schnittig. Einen Moment lang genoß sie das Gefühl der Geschwindigkeit, aber schon näherte sich auf der Höhe des Kinderheims der Fußgängerstreifen mit der Tafel: »Achtung Kinder«.

Steffi zog den Fuß vom Gas.

Frau Dirkmann, die ihr half, die Kisten durch den hinteren Eingang ins Haus zu schleppen, griff im Flur eine Frucht heraus.

»Schöne, große Jaffa«, lobte sie.

»Zum gleichen Preis wie letztes Jahr«, bemerkte Steffi nicht ohne Stolz. Sie hatte einen Riecher für günstige Angebote.

Aus dem Speisesaal drangen schon Eßgeräusche.

Steffi beeilte sich. Um acht begann das Klassenfest; sie hatte gerade noch Zeit, mit den Kindern zu essen und dann die Kleinen ins Bett zu bringen.

Besucher, die zum erstenmal ins Haus kamen und vor der Speisesaaltür das Lachen und das Gewirr der kindlichen Stimmen hörten, konnten sich nicht vorstellen, daß hier kranke und behinderte Kinder beisammen waren. Wenn man sie dann hereinführte, blieben die meisten betroffen in der

Nähe der Tür stehen. Steffi kannte ihre Reaktionen. Das plötzliche Verstummen, das verlegene Räuspern, schlecht unterdrückte Ausrufe wie: »Mein Gott! Die armen Kinder!«

Am oberen Teil des Tisches saßen die Kinder in Rollstühlen. Kinder, die ihre Arme oder Hände nicht gebrauchen konnten, wurden von Anni und Olga mit dem Löffel gefüttert. In der ersten Zeit war es Steffi nicht viel besser als den fremden Besuchern ergangen. Am Tisch, zwischen den Kindern, hatte sie kaum ein paar Bissen heruntergebracht.

»Iß, Steffi«, hatte sie Olga, ihre ältere Kollegin, aufgemuntert. Und mit einem Seitenblick auf die Kinder: »Du wirst dich daran gewöhnen.«

Gewöhnen? Ein schreckliches Wort.

Gewöhnen an Leid, Gebrechen, Krankheit? Steffi wollte sich nicht gewöhnen. Sie dachte: Solange ich nicht daran gewöhnt bin, kämpfe ich dagegen.

Wochen vergingen. Steffi konnte jetzt am Tisch Speisen austeilen und Fleischstücke zerkleinern, und während sie selbst aß, plauderte sie mit den Kindern und machte Späße. Ein Gefühl, das man am besten mit Mitleid bezeichnete, war nun verschwunden.

Sie empfand jetzt Mitleid als etwas Unnützes. Ein Seelenpflaster, das man sich selbst auflegt. Sie wollte mit den Kindern zusammen gegen ihre Behinderung ankämpfen. Das hieß, daß man ihre Fähigkeiten förderte: im Spiel, mit Gymnastik, mit einer liebevollen, aber festen Führung. Nur nicht auf die weiche Tour.

Etwas von ihnen fordern.

Es gab Tage, da brachte Steffi eine Lammsgeduld auf. Da ging alles leicht. Überall vermerkte sie Fortschritte. Da wußte sie: Hier bist du am rechten Platz.

Andere Tage kamen — und in letzter Zeit nahmen sie überhand —, die waren grau, dumpf, drückend. Ihre Arbeit empfand sie dann als zermürbend und unnütz. Sie haßte ihr enges Zimmer im Heim und ihr Gehalt, das keine Bewegungsfreiheit verlieh. An solchen Tagen kam sie sich selbst komisch vor. Sie sah dann ihre Eltern vor sich, hörte, wie sie damals sagten: »Nach dem Handelsdiplom nochmals von vorn anfangen? Das können wir nicht verstehen. Willst du dich wirklich in einem Kinderheim abrackern?«

Und Michael, Steffis älterer Bruder, hatte in seinem zynischen Tonfall beigefügt: »Wo du jetzt eine gutbezahlte Stelle haben könntest! Was wird aus deinen Reitstunden? Und aus dem Traum vom schnellen roten Auto?« Michael verstand es, sie an ihrer empfindlichsten Stelle zu treffen. Er kannte ihren »Hang zum guten Leben«, wie er es spöttisch nannte, und ihre Begeisterung für schöne Dinge. Schon manchmal hatte er sie von Schaufenstern mit Blumen, Kleidern oder Schmuck wegziehen müssen.

War ihr Michael mit seinen ausgefallenen Wünschen nicht ähnlich? Seit einem halben Jahr fuhr er einen älteren, aber noch gut erhaltenen Sportwagen, den er selbst in einem verwegenen Orange gespritzt hatte.

Als sich Steffi für das Fest umzog, überflog sie auf dem Schreibtisch nochmals die Karte mit der Einladung: »20 Uhr Zusammenkunft im Hotel Elite.«

Dann Annkatrins Unterschrift. Grüne Tinte, schnörkellose, steile Schriftzüge.

Ausgerechnet im Elite, im ersten Hotel der Stadt! Typisch Annkatrin. Die schwärmte schon in der Schule von tollen Parties. Ob sie wohl noch immer voller Ideen steckte? Steffi war neugierig, was aus all ihren Mitschülerinnen geworden war.

Bevor sie das Haus verließ, machte sie den üblichen Rundgang durch den Schlafsaal. Es hatte heute viel gebraucht, bis alle Kinder ausgezogen und gewaschen waren. Jetzt schliefen sie in ihren weißen Eisenbetten — friedlich und entspannt unter dem mondartigen Licht der Nachtampel; für eine lange Nacht gab es keine Zänkereien, keine Gefahren, keine Schwierigkeiten mehr.

Steffi trat gleich neben der Tür an das Gitterbett der zweijährigen Rosa. Sie war das Kind einer serbischen Serviererin und eines griechischen Küchenburschen. Der Küchenbursche war inzwischen nach Griechenland und die Serviererin in eine andere Stadt gezogen und hatten Rosa zurückgelassen wie ein überflüssiges Gepäckstück. Hier im Heim konnte keine der Pflegerinnen den Ringellocken und dunklen Kirschenaugen der kleinen Südländerin widerstehen.

Auf der anderen Seite des Saales deckte Steffi einen etwa fünfjährigen Jungen zu. Robert war zerebral gelähmt und konnte nicht gehen. Steffi turnte in jeder verfügbaren Minute mit ihm. Seit er im Heim war, hatte er schon große Fortschritte gemacht. Seine Mutter, eine alleinstehende einfache Frau, war glücklich darüber. Robert selbst lohnte Steffis Mühe mit Anhänglichkeit.

Aber nicht alle Kinder machten es ihr leicht wie Rosa und Robert. Da war Patrick, der mit seinen fünf Jahren die Pflege eines Einjährigen erforderte. Während sie ihn aufs Töpfchen setzte, betrachtete sie im Bett gegenüber Andrés Gesicht.

Der Schlaf milderte seinen schwerfälligen Ausdruck. Immer wieder, auch nach Feierabend, mußte sie über diesen schwierigen Jungen nachdenken. André blieb ihr ein Rätsel. Was für einen Schock hatte dieses Kind erlitten, daß es jetzt, mit sechs Jahren, noch kein Wort sprach? Was hatten diese mißtrauischen, sich ängstlich absichernden Amselaugen gesehen? Er blickte niemandem ins Gesicht. Und wenn man ihn anfaßte, schlug er aus.

Als sie an der Fensterfront vorbeiging, sah sie im Schein der Straßenlaterne, daß es schneite.

Im Büro war noch Licht. Steffi klopfte. »Ja, bei diesem Wetter müssen Sie ein Taxi nehmen«, sagte Frau Dirkmann hinter ihrem Schreibtisch. Und dann, als Steffi schon die Nummer wählte: »Hoffentlich wird es ein schönes Fest! Viel Vergnügen!«

Sie sagt das so leichthin, ohne Bitterkeit, dachte Steffi. Dabei plagt sie sich halbe Nächte hindurch ab mit diesem Bürokram, nur weil keine Hilfe angestellt werden kann.

Der Wagen fuhr gespenstisch langsam über die mit Schneematsch überzogene Lindenallee. Die Altstadtstraßen zeigten sich an diesem Abend düster und menschenleer.

Die Fensterfront des Hotels Elite prangte in Festbeleuchtung. Im Schein der venezianischen Leuchter erkannte Steffi ihre Kameradinnen.

Annkatrin kam als erste auf sie zu.

Sie ist eine Dame geworden, dachte Steffi. Das raffiniert geschnittene Haar umrahmte wie ein dunkles Käppchen ihr Gesicht. Ein kurzes Seidenkleid betonte ihre untadelige Figur.

»Die Steffi! Unser Klassenbaby!« rief sie aus.

Dann knallte sie Steffi links und rechts einen Kuß auf die Wange, musterte sie unverfroren und rief über die Schulter: »Hanna, Katrin, kommt und schaut! Das Ding ist kein bißchen älter geworden! Nur mollige Hüften hast du dir angefressen, bist du immer noch so verschleckt?«

Steffi nickte verschämt. Die Pralinentüten ihrer freien Nachmittage waren das einzige, mit dem sie gegenwärtig ihrem »Hang zum guten Leben« entgegenkam.

Der kleine Saal, in den sich die Klasse zurückzog, war bald von Stimmengeschwirr erfüllt. Immer wieder schwang die Frage: Was tust du? obenaus. Die meisten hatten nach dem Handelsdiplom glänzende Stellen gefunden. Sie leiteten Abteilungen, standen an Vetrauensposten, waren die rechte Hand des Chefs.

Nur Magi und Katrin, die beiden Verheirateten, saßen etwas abseits, tauschten die Fotos ihrer Babys aus und die Marken ihrer bevorzugten Papierwindeln.

»Stimmt es, daß du dich in einem Kinderheim abrackerst?« fragte plötzlich Gabriele. »Dein Bruder Michael hat mir so etwas erzählt.«

Obwohl Steffi von ihrem Alltag im Heim ein rosiges Bild entwarf, sah sie sich bald von einer Woge von Bewunderung und Mitgefühl umgeben.

»Großartig«, hauchte Gabriele. »Ehrlich, das könnte ich nicht.«

»Dabei hast du von uns allen die beste Prüfung gemacht«, warf Helen ein.
»Du könntest eine Stelle haben wie Annkatrin. Die wird buchstäblich vergoldet. Bei Worsey & Co., einer amerikanischen Firma. Was die zahlen!
Aber das sollte ja geheimbleiben . . .«
Selbst die Verheirateten am unteren Tischende verstummten jetzt und guckten herüber. Eine eindrucksvolle Stille entstand, in die Helen schließlich die gewichtige vierstellige Zahl plumpsen ließ, die Worsey & Co. monatlich seiner Chefsekretärin auszuzahlen pflegte.
»Unglaublich«, seufzte Magi, die seit ihrer Verheiratung Mühe hatte, mit dem Wirtschaftsgeld auszukommen.
Anita hob ihr Weinglas, das der Kellner schon zweimal nachgefüllt hatte, schwenkte es zu Annkatrin hinüber und rief: »Es lebe Annkatrin, unser Career-Girl!« Einige taten es ihr nach.
Annkatrin strahlte.
Später, als sie neben Steffi am Tisch saß, Lachsstückchen und Oliven von ihrem Teller pickte, meinte sie mit abschätzigem Lachen: »Einige von uns sind schon vom Krämergeist angesteckt. Immer gleich auf nackte Zahlen aus!«
»Ich möchte auch einmal anständig verdienen«, sagte Steffi nachdenklich.
»Wenn man immer so viele Wünsche und Pläne hat wie ich . . .«
»Komm zu uns!« schlug Annkatrin auf ihre unbekümmerte Art vor.
»Nächstens wird eine Stelle frei. Einen großzügigeren Betrieb kannst du dir gar nicht vorstellen. Die Arbeit macht richtig Spaß. Oder ist dir die Freude an der Büroarbeit vergangen?«
»Eigentlich nicht«, meinte Steffi. »Die Arbeit im Kinderheim zerrt an den Nerven. Auch nach Feierabend wälzt man Probleme.«
»Ich glaube, ich kann das verstehen«, sagte Annkatrin. »Unsere Nachbarin hat einen Jungen, der nicht normal ist. Kürzlich klagte sie mir, sie wäre abends ganz erschöpft. Und dabei hat sie nur ein einziges Kind zu pflegen, dazu noch ihr eigenes.«

Steffi nickte. »Seit ich im Kinderheim bin, bleibt mir kaum mehr Zeit für mich. Du weißt ja, ich wollte gern einmal Reitstunden nehmen. In einem Büro hätte ich meine geregelte Freizeit . . .«

»Und ein Gehalt, mit dem du die Reitstunden bezahlen kannst«, fügte Annkatrin lächelnd bei. »Komm schau, was ich mir zu Weihnachten angeschafft habe!«

Sie zog Steffi zum Fenster hinüber.

Als sie sich hinunterbeugten, zeigte Annkatrin auf eines der geparkten Autos.

Rot. Neuestes Modell. Schnittige Mittelklasse. Genau das Auto, das Steffi in ihren Tag- und Nachtträumen fuhr.

Schneeflocken setzten sich ihr auf Haar und Stirn. Die Augen brannten. Ihr Gaumen war ausgetrocknet.

Auch als das Fenster wieder geschlossen war, brachte sie lange kein Wort hervor.

Gegen Morgen fuhr Annkatrin sie mit ihrem Wagen vor das Kinderheim Lindenhof.

Zwei Wochen später kündigte Steffi.

Der Frühling hatte sich wie jedes Jahr eingestellt, aber er drang kaum bis zu Steffi vor. Die Metallstores im Büro filterten das helle Licht. Der Geruch nach Erde und Mist, der hier zwischen den Hochhäusern am Stadtrand überall herumzog und den Steffi so gern mochte, wurde vom Geruchsvertilgungsapparat verzehrt. Der Chef, der seine Arbeitsräume mit allen möglichen technischen Errungenschaften ausstattete, war stolz darauf.

Steffi tippte Zahlenkolonnen. Es waren hohe Ziffern darunter mit vielen Nullen. Die Nullen erinnerten sie an Ostereier.

Hatte man wohl im Kinderheim die Osterbescherung schon eingekauft? Niemand anders als sie wußte, wo es so delikate und zugleich enorm preisgünstige Osterhasen zu kaufen gab.

Dringend Kinderheim anrufen! notierte sie auf einen Zettel.

Vor ihrer Nase knackte es. Erschrocken blickte sie vom Telefon zum Diktafon, von der Sprechanlage zum Tonbandgerät. Zum Kuckuck mit diesen Apparaten. Sie würde sich nie mit ihnen befreunden.

»Achtung!« sagte eine Geisterstimme.

Aha, die Sprechanlage. »Hier Abteilung 2, Stephanie Hofer«, sagte Steffi und nahm dienstliche Haltung an.

»Fräulein Hofer, der Kaffee ist bereit«, sagte die Geisterstimme.

Steffi entspannte sich. Immer wieder ließ sie sich von Annkatrin narren!

Im Chefbüro goß Annkatrin Kaffee in zwei winzige Tassen. »Du siehst so zerknittert aus, Steffilein. Liebeskummer?«

»Beinahe. Ich überlege gerade, ob man für die Kinder schon Osterhasen . . .«

Annkatrin schnitt ihr das Wort ab. »Heute sind es Osterhasen! Gestern sorgtest du dich, ob die Kinder wohl das Hütchenspiel finden, und vorgestern, ob dein Hans oder Heinz den richtigen Turnunterricht bekommt. Steffi, du löst dich nie! Bestimmt sitzt du jeden freien Moment im Kinderheim?«

»Ich war schon lange nicht mehr dort. Schließlich versuche ich mich zu lösen, wie du so schön sagst.«

An ihrem freien Nachmittag stieß Steffi in einem Warenhaus auf Frau Häusermann, die in einem Rollstuhl Robert vor sich herschob.

»Wie geht es dem Jungen?« erkundigte sich Steffi.

»Es geht so«, sagte Frau Häusermann. Sie blickte bedrückt zur Seite.

»Was ist denn los? Es wird doch hoffentlich tüchtig geturnt mit ihm?«

»Robert ist seit einem Monat nicht mehr im Heim. Sie konnten nicht mehr alle dabehalten. Auch Heinz und den lahmen Rico nicht. Wegen Personalmangel . . .«

Eine halbe Stunde später fuhr Steffi mit der Buslinie sieben zum Lindenplatz. Schon im Flur des Kinderheims hörte sie, daß sich die Kinder im

Freien aufhielten. Die Linde, die dem Heim den Namen gab, füllte mit ihrem Astgewirr das Höfchen aus. Auf der Bank unter der Linde saß Olga. Neben ihr am Sandkasten spielten Kinder.

Eben beugte sie sich vor, um einem der Kleinen die Nase zu putzen. Die Nase saß in einem unfreundlichen, verkniffenen Gesicht, das Steffi zugewandt war.

André brauchte lange, bis er erfaßte. Dann formte er den Mund mühsam zu einer Röhre, stieß einen gepreßten Laut aus und lief mit ausgestreckten Armen auf sie zu.

Steffi fing ihn auf und hob ihn zu sich empor. André ließ es geschehen. Sie blickte in sein Gesicht, das sie noch nie so entspannt und von Freude erhellt gesehen hatte. Zum erstenmal war sein Blick voll und ruhig auf sie gerichtet.

»André«, sagte Steffi. Sie schüttelte ungläubig den Kopf. Ein seltsam leichtes Gefühl überkam sie, das sie bis jetzt nur in Michaels schnellem Wagen gekannt hatte. Sie machte mit André zwei, drei Tanzschritte, und während sie im Herumdrehen in die lachenden Gesichter der Kinder blickte, wußte sie: Unter ihnen war ihr Platz, bald schon wieder und vielleicht noch für manches Jahr.

RUDOLF OTTO WIEMER

Stadturlaub

Nee, Licht lieber keins, die Laterne draußen genügt, erst mal verschnaufen, lang auf die Couch, man fühlt sich hier fast schon zu Hause, war jedenfalls nicht übel, drei Stunden Stadturlaub, dufte, hätte Lissy gesagt, endlich mal 'raus aus der beschissenen Klinik, hätte Lissy gesagt, Lissy ist aber nicht da, als ich dort klingle, tut mir leid, sagt die Olsche, Lissys Mutter, mit Wicklern im Haar, hat Soziologie, das Mädchen, anschließend Töpfern, Volkshochschule, na und Sie, Monika, auch mal wieder, wie ich sehe, unterwegs, dachte, Sie wären noch in Behandlung, die schönste Krankheit taugt nichts, und wie geht es dem Vater, freut mich, werde den Gruß, wenn Lissy heimkommt, werde ihn ausrichten, das Küken, wissen Sie ja, ist oft unterwegs, Stadtbummel, so, so, viel Vergnügen, darf man doch wünschen, tschüß, gute Verrichtung, die blöde Zicke, viel zu auffällig geschminkt, ist selber schuld, wenn das Küken abhaut, Lissy, das Küken, so'n Quatsch, die ist längst flügge, ist sie, mal den, mal jenen, bin doch nicht doof, sagt sie, dein Oliver, hast du gar nicht gemerkt, was, den hab' ich, hab' ich dir auch weggeschnappt, heul bloß nicht, Mädchen, such dir 'nen andern, ist einfach abgehauen mit ihm, ins Kino, und dann ist es eben passiert, bei Karstadt, Süßwarenabteilung, vier Riegel Bounty, und weil der Olle, der mit der Nickelbrille, herüberglupscht, laß ich den Handschuh, er bückt sich, ruft: Frollein, Ihr Handschuh, schämen, i wo, ich denke, Monika, denk ich, Mensch, du bist dufte, hätte Lissy gesagt, und Oliver, klar, mit dem bin ich fertig, ausgetrixt habe ich ihn, mit seiner Lissy, dann Taschentücher bei Leipold, dann Juwelier Willrich, ein simples Armband, dann Schokolade, dann wieder Karstadt, zwei Schlüpfer, Strumpfhose, vier Schachteln Nivea, Rolltreppe 'runter, ein Füller, Briefpapier, lauter Mist, hätte Lissy gesagt, Rolltreppe 'rauf, ich bin wie bekloppt, Rolltreppe 'runter, das geht so zwei Wochen, dann haben sie mich, Moment mal, folgen Sie unauffällig, wie die Wandruska, wer ist das, die Doktorsche hält mir das Foto unter die Nase, Wandruska, Ladendiebin, unglaubliche Tricks, simuliert beim Erwischen Magenblutung, sehen Sie sich das Foto an, man kann so werden, wenn man nicht achtgibt, aber wer will schon, will sich ausfragen lassen, was haben Sie da in der Tasche, wieso, wie kommt man auf so was, wo man doch alles und jeden Wunsch und nette Eltern, solide, fleißig, geachtet, der Vater Studienrat, er sagt: am Riemen reißen, verflucht noch mal, denn er jedenfalls, er ist nicht untengeblieben, als Eisenbahner wie Opa, nein, hat sich nach oben gehungert, hat Zeitungen ausgetragen, früh viertel nach fünf, dann Kisten geschleppt, dann wieder studiert, die Doktorsche macht ihr strenges Gesicht, Monika, sagt sie, denken Sie an den Vater, ein Glück, daß er es nicht weiß, was schreibt er aus Wildbad, so, so, geht aufwärts mit ihm, und die Mutti, sie war erst gestern, geweint hat sie, Monika, vierzehn Tage, dann kommt der Vater zurück, wir werden sehn, was sich tun läßt, die psychologischen Tests, die Befragung, die Auskunft beim Chef, alles okay, ich denke, wir können Sie nun sich selbst, wie ist es, wollen Sie mal in die Stadt, gut, ich gestatte es Ihnen, nur keine Angst mehr, und denken Sie an die Wandruska, die hat auch mal, die Wandruska, klein angefangen, doch Eltern, nee, hat sie nie gehabt, Eltern wie Sie, vielleicht ein bißchen zu brav, ich gebe es zu, Monika, die Mutti erzählt gern von früher, von Pommern, ihr Vater war Gutsverwalter, nicht wahr, alles herrschaftlich, das hört sich schön an, vielleicht zu schön, na, habe ich recht, und Oliver, klar, Sie wollten ihn haben, ganz für sich, wie die Puppe, den Ball, die Bounty-Riegel, ein Haben-Komplex, wie gesagt, das wirkt sich dann aus, Ersatzhandlung nennen wir so was, na, Kopf hoch, Mädchen, die Leute bei Karstadt waren vernünftig, deshalb sind Sie hier, sind krank geschrieben, wir schaffen das schon, gewiß, Sie gehen allein, drei Stunden, da haben Sie Zeit, sich umzusehn, alles dufte, hätte Lissy gesagt, die fehlt mir, die Lissy, obwohl sie, Mensch, Monika, mach dir nichts draus, belämmert, daß sie nicht da ist, ich gehe, winke ihm zu, dem Mann an der Pforte, dem Mann im Glashaus, ich schlendre die Rote Straße hinunter, dann Linden-allee, nur keine Bekannten, dann über den Wall, wieso nicht gleich in die Innenstadt, ist doch alles dufte, bin krank geschrieben, die Miß, Klasse 10a, sie hat das Attest, für zirka sechs Wochen, und da ist Leipold, Pariser Bou-tique, toll schickes, fußlanges Kleid, Zigeunerlook, was gibt es für ausge-fallene Sachen, Fernseher, Bildzeitung, Geisel aus Guatemala entführt, wo liegt schon Guatemala, Bücher, Bilder, Antiquitäten, modisches Glas, die wilden Schuhe, Kaffee von Lukas, der magenfreundliche Kaffee, Genuß ohne Reue, nanu, war das nicht eben, Wandruska, das eingeschrumpfte Gesicht, die glitzernden Augen, die Löckchenfrisur, das eckige Kinn, ohne Reue, Kaffee von Lukas, der Bus, das Gänseliesel, der Brunnen aus Bronze, Gott, die trägt die Gans noch im Arm, wie vor vier Wochen, sie lächelt, so möchte man auch mal, doof, ohne Reue und kalt, aus Bronze, man demon-striert, wie immer, für Menschenrechte, für Mitbestimmung, Lissy, nee, ist nicht dabei, die darf das, darf alles, die nimmt sich einfach, nimmt, was sie will, nee, keine Schachtel Nivea, ist doch nicht doof, die fährt nach München, nach Hamburg, nach Dänemark, steckt sich das Haar auf, sieht aus wie achtzehn, und dann an die Straße, Busen, klar, hat sie, und win-ken, die nimmt man, die hat man, der Haben-Komplex, wie gesagt, immer-hin, Frau Doktor, die Eltern, die haben im Mai haben sie Hochzeit gehabt, und im Oktober bin ich geboren, nein, haben will man das nicht, was spä-ter Monika heißt, nein, will man nicht haben, jedenfalls nicht im Oktober, die Mutti hat, sagt sie, hat viel geweint damals, und jetzt, sagt sie, mach' ich ihr wieder Kummer, wenn bloß der Vater in Wildbad, verflixt, jetzt wäre ich fast vor den Bus, paß doch auf, du Göre, und dort ist Lissy, wahrhaftig, sie hockt am Gänseliesel, mit Oliver, raucht die Zigarette ihm

an, steckt sie ihm zwischen die Lippen, soll sie, soll sie ihn haben, wenn es ihr Spaß macht, ich habe ja auch, genug hab' ich von ihm, von Oliver, und dann zu Karstadt, klar, ist doch alles okay, die Rolltreppe 'rauf, da ist man also, man schluckt, da ist man wieder, man hört Karel Gott, hört Udo Jürgens, »Ich habe Heimweh nach dir«, »Wohin gehör' ich«, »Hätte ich noch einmal zu leben«, man schluckt, man könnte, tja, was kann man nicht alles, sagt die Doktorsche, wenn man nur will, man muß halt wollen, muß vielleicht an die Mutti denken, an den Vater in Wildbad, an die Wandruska, nee, die ist tot, die hat man neulich in ihrer Wohnung, das Magenbluten war nicht simuliert, Karel Gott, nicht übel, die Epstein, Stimme prima, die müßte man haben, »Zeig mir den Platz an der Sonne«, singt Udo Jürgens, Rolltreppe 'runter, schlucken, nee, kann man nicht dauernd, Neue Revue, was halten Sie von, was halten Sie da in der Hand, von der Liebe, nee, nichts von der Liebe mit sechzehn, Rolltreppe 'rauf, alles friedlich, Hemden, Nachthemden, seidene Schals, na, Frollein, kann ich was für Sie tun, Rolltreppe 'runter, Pullover billig wie nie, greifen Sie zu, nehmen Sie, nehmen Sie mit, Röcke im Ausverkauf, dreitausend Paar Schuhe, na ja, und da ist sie, das dürre Mensch in der rostroten Bluse, erkennt mich nicht, steht unauffällig hinter den Bademänteln, wie damals, Frotteeabteilung, was glauben Sie, Frollein, wie da geklaut wird, Hornbrille, gelbes Gesicht, der Mund wie ein Strich, Strich drunter, sagt die Doktorsche, überlegen Sie, Mädchen, ist doch Unsinn, das zahlt sich nicht aus, der Junge ist nun mal weg, der Oliver, gibt auch noch andre, man muß ja nicht jeden, der Haben-Komplex, wie gesagt, Ersatzhandlung, nicht bewältigtes Abenteuer, Rolltreppe 'rauf, Rolltreppe 'runter, die Teppichabteilung, ungefährlich, Damenmäntel, Pelzwaren, Hüte, pah, was soll man mit Hüten, Lissy sagt, ist doch Quatsch, die ganze Behütung, Konsumterror, sollte man in die Luft, so was, ihr neuester Job ist Karl Marx, Flugblätter verteilt sie, am Gänseliesel, mit Oliver, ich schlendre die Weender entlang, die Lange Geismar, rechts über den Wall, es wird dunkel, also, der Ausgang beendet, der Mann im Glashaus, der mit dem mehlweißen Gesicht, die Farbe der Unschuld, ist nierenkrank, sagt die Doktorsche, wird nicht lang mehr da sitzen, der Klinikwachhund, lachen, winken, hier ist man zu Hause, hängt den Mantel, den Ausgehmantel, links in den Schrank, nee, Licht lieber keins, erst mal verschnaufen, lang auf die Couch, so, war doch nicht übel, Sie müssen sich, sagt die Doktorsche, wieder gewöhnen, an das Normale, Karstadt, das ist für unsereinen normal, da ist nichts, was lauert, verstehen Sie, und die Tasche, wenn Sie von Karstadt kommen, ist leer, die Tasche, Lackleder, schwarz mit weinroten Riemen, am Riemen reißen, sagt Vati, der Test in Wildbad ist fast schon in Ordnung, die Bäder helfen, wöchentlich dreimal Massage, und dann das eigene Training, vernünftig leben, sagt Vati, nicht aufgeben, immer am Ball, die Seilbahn zum Sommerberg, sagt er, fährt zügig nach oben, mal nachschauen, nee, noch kein Licht, die Laterne vorm Fenster genügt, wo hab' ich sie bloß, die Tasche, aha, im Schrank, da ist sie, Portemonnaie, Kölnisch Wasser, der Schlüssel, der Ausweis — wieso, war ich denn auch, links hinter den Koffern, weiß ich doch gar nicht, überlegen Sie, Monika, mein Gott, was sag' ich, die Doktorsche wird gleich kommen, na, wieder zurück, was sag' ich, wie war's, und alles okay, na, sehn Sie, das haben wir, haben wir, mein Gott, wie kommt das Stück Seife, rosa Seife, brauch' ich doch gar nicht, wie kommt es in meine, in meine Tasche . . .

INGEBORG ENGELHARDT

Mühsamer Heimweg

Geographiestunde in der II b der Mädchenrealschule. Der junge Studien-
assessor Reimann, der es niemals böse meinte mit seinen kleinen Witzen,
über die alle so gern lachten, rief fröhlich in die Klasse hinein: »Und nun
mal unsere Maruschka aus Hinterpodolien, bitte an die Karte!« Alle blick-
ten nach dem zweiten Platz von links in der drittvordersten Reihe. Aber da
rührte sich nichts, bis Herr Reimann aufmunternd mit den Fingern
schnalzte: »Na, los doch, Maruschka!« Da endlich schoß ein dunkellockiger
Pferdeschweif hoch, trotzig zurückgeworfen über einen schmächtigen, ker-
zengerade aufgereckten Nacken.
»Ich heiß nicht Maruschka!« klang es streitbar. »Ich heiß Jadwiga Adamczyk, und ich bin aus Polen, aus Opole in Oberschlesien. Podolien, das liegt
doch ganz anderswo.«
Darauf war niemand gefaßt gewesen. Wohl hundertmal im vergangenen
Schuljahr hatte sich Jadwiga, in der Schule sonst Hedwig genannt, die
etwas alberne Neckerei gefallen lassen. Was war denn heute plötzlich in
sie gefahren? Die meisten lachten. Aber sie verstummten schnell, denn nun
geschah etwas, das noch erstaunlicher war. Der fröhliche Herr Reimann
antwortete nicht. Er war ganz rot im Gesicht geworden. Gleich platzt er
vor Wut, dachte die Klasse gespannt, denn das hatte noch keiner je erlebt.
Aber sie wurde enttäuscht. Herr Reimann platzte nicht. Das Rot auf seinem
Gesicht verschwand schnell wieder, und er sagte ganz ruhig: »Na gut,
Adamczyk, dann komm mal an die Karte und erzähl uns etwas von den
Nebenflüssen des Rheins!« Und Jadwiga-Hedwig aus Polen gehorchte

brav, wiewohl an Tränen würgend, und machte ihre Sache ganz leidlich, und der Unterricht ging weiter.

Als es zur Pause läutete, rannte sie als erste hinaus auf den Schulhof, sah sich nach einem Versteck um und fand keins. Es hätte ihr auch gar nichts genützt. Denn im Nu war sie von der ganzen Klasse umringt. Sie meinten es alle nicht böse, genausowenig wie der Herr Reimann. Aber der kleine Zwischenfall eben in der Geographiestunde war zu aufregend gewesen, um nicht gleich besprochen zu werden. Was diese Hedwig sich da herausgenommen hatte, war einfach doll, und noch mehr, daß es ihr durchgegangen war. Fast wurde sie bewundert. Aber mehr noch war allen wieder einmal deutlich geworden, was ihnen schon aufgefallen war, als sie vor einem Jahr neu in die Klasse gekommen war: Das Fremde, das so leicht zu Widerspruch und Feindschaft reizt.

»Du, Hedwig! Heißt du nun Hedwig oder Jadwiga? Wieso hast du zwei Namen? Und warum einen polnischen, wo du doch sagst, daß du eine Deutsche bist? Na, eigentlich bist du ja auch keine. Du sprichst ja nicht mal richtig deutsch.«

Hedwig Adamczyk antwortete nicht. Den Kopf tief gesenkt, daß niemand ihr Gesicht sehen konnte, scharrte sie mit dem Fuß im Kies wie ein störrisches Pferdchen. Sich wehren konnte sie nicht. Wenn sie aufgeregt wurde, gingen ihr bald die deutschen Worte aus. Dann redete sie auf Polnisch drauflos wie daheim in Opole — das sie hier Oppeln nannten —, auf Schulhof und Straße und nicht mit den feinsten Worten. Aber das ging hier nicht an, dann wäre sie ganz verloren gewesen. Sie durfte sich nur nicht zum Weinen bringen lassen, und das war schon schwierig genug.

Alle schraken zusammen, als plötzlich ein langer Schatten in den zwitschernden Spatzenschwarm fiel, und eine Stimme, nicht laut, aber unüberhörbar sagte: »Hört mal, ihr da! Laßt mir die Adamczyk in Ruhe, die ist ganz in Ordnung.« So ernst war das gesagt, daß viele sich umblickten, ob es wirklich der Herr Reimann gewesen sein konnte, der eben gesprochen hatte. Er war es, aber sie sahen nur noch seinen Rücken, während er lang-sam weiterwanderte. Betreten standen sie da. Wenn der so einen Ton an-schlug, dann — also dann war es wirklich ernst.

Nach der letzten Stunde lief Hedwig noch schneller nach Hause als sonst, in Angst, die Quälerei könnte noch einmal anfangen. Sie hatte einen weiten Weg. Die Tante, die sie und ihre kleine Schwester bei sich aufgenommen hatte, wohnte ganz draußen am Stadtrand. Zwar fuhr ein Bus dorthin, aber der kostete Geld, und Tante Mathilde erinnerte gern daran, daß sie seiner-zeit in Schlesien einen viel weiteren Schulweg gehabt hatte, im Gebirge noch dazu. Hedwig hatte sich auch schon daran gewöhnt, und diese halbe Wegstunde, während der sie ungestört nachdenken und träumen konnte, war ihr fast lieb geworden. Heute aber fand sie wenig Freude daran. Allzu bitter und voller Auflehnung waren ihre Gedanken.

Also sie, ausgerechnet sie, sprach nicht richtig deutsch! Dabei war sie in der Förderschule von Anfang an eine der Besten gewesen und hatte nur ein Jahr gebraucht, bis sie in die Realschule eingewiesen werden konnte. Zu Hause hatten sie ja auch immer deutsch gesprochen und deutsche Lieder gesungen. Mutter und Großmutter hatten dafür gesorgt, und der Vater hatte oft genug gemahnt: »Kinder, verlernt euer Deutsch nicht! Sonst wer-det ihr nie im Leben was Gescheites.« Er hatte immer noch geglaubt, Schle-sien werde einmal wieder deutsch werden, wie es vor vielen Jahren gewesen sein sollte, lange ehe Hedwig und sogar ihr großer Bruder, der Franzek, geboren waren. Sie wußten nichts von dieser Zeit. Schließlich aber mußte der Vater wohl seine Hoffnung aufgegeben haben. Sonst hätte er sicher nicht in die Ausreise eingewilligt, als einer der vielen Anträge, die auf Be-treiben der Großmutter immer wieder gestellt worden waren, endlich genehmigt wurde. Die Großmutter, die sich wohl am meisten auf diesen Tag gefreut hatte, erlebte ihn nicht mehr. Die Heimat behielt sie für immer. Sie blieb auf dem Friedhof in der alten Stadt an der Oder zurück.

Das war nun schon mehr als zwei Jahre her, und alles sah ganz anders aus, als sie es sich damals ausgemalt hatten. Hedwig und Franz trafen es erst einmal gut. Sie kamen auf eine Förderschule, wo sie mit anderen Jungen und Mädchen, Spätaussiedlerkindern wie sie, von Grund auf deutsch lernten und auf den Anschluß an eine normale Schule oder eine Berufsausbildung vorbereitet wurden. Hedwig schaffte es in einem Jahr. Franz aber, damals schon sechzehnjährig, wollte nicht noch viele Jahre auf der Schulbank verbringen. Er schloß die Grundschule ab und trat als Schlosserlehrling in eine der Werkstätten ein, die zur Förderschule gehörten. Hedwig beneidete ihn ein bißchen. Er hatte wenigstens unter Kameraden bleiben dürfen, in der Umgebung, in der sie beide sich schon zu Hause gefühlt hatten. Sie aber mußte sich wieder neu einleben, in der fremden Schule, der fremden Stadt, wenn auch bei Tante Mathilde, die gleich im Anfang das vierjährige Schwesterchen Bertel bei sich aufgenommen hatte.

Sie war eigentlich ihre Großtante, eine Schwester der Großmutter, und schon vor vielen Jahren, am Ende des großen Krieges, von dem immer wieder geredet wurde, mit Mann und Kindern aus Schlesien nach dem Westen gekommen. Längst war sie hier heimisch geworden und lebte nun, da ihr Mann gestorben und ihre Kinder aus dem Hause waren, von einer Rente in ihrer kleinen Wohnung. Für die Kinder und Enkel ihrer verstorbenen Schwester tat sie gern alles, was sie nur konnte. Aber das war nicht viel. Immerhin nahm sie die beiden kleinen Mädchen bei sich auf und fütterte sie mit durch. Ab und zu, an Feiertagen oder bei besonderen Gelegenheiten, schaffte sie es irgendwie, auch noch die Eltern unterzubringen und sogar den Großneffen Franz, der dann bei freundlichen Nachbarn auf dem Sofa schlafen durfte. Nein, Tante Mathilde war wirklich lieb — bis auf ihre Eigenheit, jedes polnische Wort streng zu rügen, das Hedwig etwa mit dem Schwesterchen wechselte. Auch an ihrer Aussprache fand sie immer etwas auszusetzen. »Was sollen die Leute bloß denken! Ihr seid doch keine Polacken«, war ihr stärkstes Augument. Sonst aber kam man gut mit ihr aus.

Nur an die Eltern zu denken, das tat weh. Die wohnten immer noch im sogenannten Übergangswohnheim einer großen Industriestadt, das sie immer verbitterter »das Lager« nannten. Viel mehr war es wohl auch nicht. Arbeit hatte der Vater, aber keine, die seiner Vorbildung entsprach, und bei weitem nicht der Stellung, die er zu Hause gehabt hatte. Im Oppelner Zementwerk war er Betriebsführer gewesen. Hier arbeitete er in verschiedenen Berufen, die er eigentlich nicht gelernt hatte. Am besten verdiente er noch im Baugewerbe. Aber ein Gehalt, wie er es nach allen Schilderungen erwartet hatte, erreichte er nie. Auch die Mutter arbeitete als Aushilfe in Krankenhäusern, denn für höhere, besser bezahlte Stellen reichte ihr Deutsch nicht aus, mußte sie immer wieder hören. Jeder Pfennig, den die beiden verdienten, wurde zusammengetragen für eine Wohnung, ein neues Heim für die ganze Familie. Nur schien dieses Ziel immer weiterzurücken.

Heute aber war ein Glückstag. Schon an der Wohnungstür rief die Tante Hedwig entgegen, die Eltern kämen und auch der Franz, der deswegen sogar telegrafiert hatte. Es war ein ganz gewöhnlicher Freitag im September, kein Festtag oder Geburtstag in Sicht. Hedwig hätte sich denken können, daß diese Überraschung etwas zu bedeuten hatte. Aber sie dachte nicht nach, sie freute sich nur. Die kamen gerade zur rechten Zeit. Nun konnte sie gleich alles loswerden, ihren Ärger und Kummer. Ach, ob es denn keinen Weg gab, hier heraus und zurück in die alte Heimat?

Spät am Abend kamen sie, zuerst die Eltern, müde von der weiten Bahnfahrt nach einem ausgefüllten Arbeitstag, schwer beladen mit allerlei guten Sachen, um der Tante Mathilde die Bewirtung möglichst abzunehmen. Bald nach ihnen kam dann auch der Franzek auf seinem Motorrad. Als Hedwig sein Gesicht sah, ging ihr auf, was sie gleich hätte ahnen müssen: Es lag etwas in der Luft. Dies Familientreffen außer der Zeit war nicht zufällig.

Der Abend verlief so schweigsam wie sonst nie. Die Großen schienen etwas zu wissen, worüber sie in geheimem Einverständnis nicht sprachen. Die Mutter sah aus, als hätte sie geweint, und Tante Mathilde war gar nicht so

freundlich wie sonst. Früh wurden Hedwig und Bertel ins Bett geschickt. Vorher aber sollte Hedwig noch das Bettzeug für den Franzek hinübertragen in die Wohnung der Nachbarin. Der Bruder schleppte sein Gepäck hinterher. Im Treppenhaus hielt er sie plötzlich fest und flüsterte: »Du, hör zu! Wenn sie dich was fragen — ich hab' nein gesagt.«

»Aber wozu denn, Franzek? Was werden sie denn fragen?« Sie bekam keine Antwort mehr, denn schon öffnete die Nachbarin, die sie hatte kommen hören, ihre Wohnungstür.

Nach einer schlaflosen Nacht, wie sie selbst glaubte, stand Hedwig am nächsten Morgen leise auf, um die Eltern nicht zu stören. Die schliefen hier bei der Tante immer gern einmal aus. Als sie aber, die Schuhe in der Hand, in die Küche geschlichen kam, sah sie, daß sie diesmal nicht die erste nach Tante Mathilde war. Die saß schon mit der Mutter am Tisch, und beide hatten verweinte Augen. Sie hörten auf zu sprechen, als Hedwig hereinkam, und erwiderten kaum ihr »Guten Morgen«. Stumm goß die Tante ihr den Milchkaffee ein und machte ihr Brote zurecht. Die Mutter ging ganz still hinaus. Was war nur los? Hedwig beeilte sich mit dem Frühstück, nahm Jacke und Schultasche vom Haken und stahl sich aus der Tür.

Draußen auf dem Treppenabsatz stand der Vater und sagte munter: »Ich hab' mir überlegt, Jaduschka, ich geh' mit dir ein Stückel mit.«

»Fein, Pappa!« strahlte sie und sprang vor ihm her die Treppen hinunter. Auf der Straße wollte sie sich vergnügt bei ihm einhängen. Aber da fiel ihr ein, daß dieser unverhoffte Morgenspaziergang mit dem Vater vielleicht einen besonderen Sinn hatte. Sie zog den schon ausgestreckten Arm zurück und blickte ängstlich zu ihm auf.

Da nickte er traurig und sagte: »Du weißt schon, gelt ja?«

Sie schüttelte heftig den Kopf und nickte dann doch. »Der Franzek — er hat mir nur erzählt, er hätte nein gesagt; aber warum, das weiß ich nicht.«

»Na gut, wenn du schon soviel weißt. Also, ich will zurück nach Polen, ja, nach Opole, in meine alte Stellung. Vielleicht kann ich sie wiederkriegen.

Die haben mir geschrieben, die Freunde, die Kollegen. Sie wollen alles dafür tun. Vielleicht klappt es. Dann aber lieber heut als morgen — nichts wie zurück!«

»Aber Pappa! Wir haben da doch gar keine Wohnung mehr und alle Möbel weggegeben!« Das fiel ihr zuerst ein.

»Ach!« Der Vater machte nur eine Handbewegung, als verjage er Fliegen. »Das alles läßt sich schon wieder beschaffen, wenn wir nur erst wieder da sind, wo wir hingehören.«

»Und hier — gehören wir nicht hin?« Es lag nur Staunen in ihrer Frage, eine zaghafte Erinnerung daran, daß es bis vor kurzem noch anders geheißen hatte.

Der Vater stutzte. »Nein, Jadwiga«, sagte er dann leise, die Hand auf ihrer Schulter. »Das war ein großer Irrtum. Als Deutscher unter Deutschen leben, hat die Großmutter immer gesagt, und die Mutter sagt's heute noch. Aber für die hier bin ich kein Deutscher, hier bin ich der Polack und bleib's und kann niemals was werden. Schon wegen meinem Namen nicht, und weil ich halt oberschlesisch red'. Eine bessere Stellung werd' ich nie hier kriegen und nie so viel verdienen, daß ihr anständig leben könnt, so wie die anderen. Das Ganze war eben ein Irrtum oder ein Riesenbetrug, wer weiß.«

Nun hätte Hedwig eigentlich jubeln müssen. Es traf ja ein, was sie gestern noch geträumt hatte. Aber da war noch etwas, das sie nicht verstand. »Zu was hat denn der Franzek nein gesagt?«

»Der will nicht mit, und eigentlich hat er ja recht. Er hat hier die Lehre angefangen und gute Aussichten. Er hat auch viele Freunde. Er gehört eigentlich schon hierher. Aber du, Jadwiga — mit dir ist es doch anders, nicht? Du hast mir doch immer erzählt.«

Ja, ja, sie hatte sich hundertmal weggewünscht von hier, und nun war es soweit und aller Grund zur Freude. »Aber wieso fragst du uns, Pappa? Wenn ihr geht, dann müssen wir doch mit, nicht?«

Der Vater holte tief Atem. »Wir wollten es euch beiden Großen freistellen.

Denn siehst du, so einfach ist das nicht. Die Mutter zum Beispiel — die will nicht mit zurück.«

»Die Mutter — nicht?« Schnell redete der Vater weiter: »Das mußt du verstehen. Sie hat sich so gefreut auf das Leben hier. Und sie kann es auch der Tante nicht antun, und die Bertel, die kann sie ihr schon gar nicht wieder wegnehmen. Aber auf die Dauer hält sie das doch gar nicht aus. In spätestens zwei Jahren, schätz' ich, da sind wir alle wieder zusammen in der alten Heimat. Nur einer muß halt den Anfang machen, und ganz allein möcht' ich doch nicht gehen.«

Er sah sie so bittend an, er zählte auf sie, die immer sein Liebling gewesen war. Warum nur konnte sie ihm nicht das sagen, was er hoffte, und ihm um den Hals fallen: »Ja, Pappa, natürlich geh' ich mit!«? Statt dessen murmelte sie nur: »Darf ich's mir überlegen, Pappa?«

»Na gut — bis morgen abend denn.« Es klang freundlich. Aber sie kannte seine Stimme gut genug, um zu hören, daß er traurig war.

An diesem Vormittag war Hedwig in der Schule so unaufmerksam wie noch nie. Sie ging und saß wie betäubt herum und merkte nicht einmal, daß sie in den Pausen ganz von Neckereien verschont blieb, ja, daß ihre Nachbarin ihr das Aufgabenheft zum Abschreiben herüberschob und eine andere ihr einhalf, als sie die Stelle im Buch nicht gleich fand, wo sie weiterübersetzen sollte.

Erst auf dem Heimweg fiel es ihr ein, und sie wunderte sich. Vielleicht hatte der Herr Reimann irgend etwas für sie getan? Dunkel ahnte sie, daß sie an ihm einen Freund gewonnen hatte. Aber was konnte der ihr helfen? Sie konnte ihn doch nicht um Rat fragen, niemanden hier in der Schule, was sie morgen abend dem Vater antworten sollte. Und Tante Mathilde, die Mutter, der Franzek? Ach, sie wußte nur zu genau, was jeder von den dreien ihr raten würde! Diese Antwort mußte sie ganz allein für sich finden, zum erstenmal in den dreizehn Jahren ihres Lebens.

Bis zum Sonntagabend, wo er wieder abreisen mußte, hatte der Vater ihr

Bedenkzeit versprochen. Aber schon beim Frühstück am Sonntagmorgen konnte er es nicht mehr abwarten, vielleicht weil er seiner Sache sicher zu sein glaubte. »Na, Jadwiga«, fing er an, »nun hast du wohl genug überlegt, ja?«

Sie wurde rot. Wie konnte der Vater sie so überrumpeln, noch dazu vor allen andern! Aber im Grunde war es ja gut. Was sollte längeres Überlegen noch helfen! Nur — wie es sagen?

Sie fand nicht gleich eine kurze Antwort. Mit einem Male war sie mitten im Erzählen: Von der Schule, was sie da erlebt hatte in diesem einen langen Jahr und dann vor allem vorgestern und gestern. Niemand unterbrach sie. Der Vater konnte es sich nicht versagen, immer wieder zustimmend zu nicken: Ja, ja, genauso ist's mir ergangen. Man sah ihm an, wie schwer es ihm fiel, nichts zu sagen. Am Ende platzte er dann doch heraus: »Na also! Da habt ihr's wieder mal! Für unsereins ist hier kein Platz. Klar, du kommst mit.«

Und da sagte die kleine Hedwig und wunderte sich selbst, daß sie es fertigbrachte: »Nein, Pappa — ich möcht' lieber hierbleiben.«

»Was?« Alle riefen es wie aus einem Munde. Der Vater stammelte geradezu: »Also — also Mädel, das mußt du mir erklären!«

Sie nahm allen Mut zusammen und versuchte es: »Seht mal, das was vorgestern war und gestern, das war doch beinah — wie ein Erfolg, ein ganz kleiner, aber doch einer — nicht? Die haben mich doch in Ruhe gelassen und sind sogar nett zu mir gewesen. Ob das so bleibt, weiß ich nicht. Aber weglaufen, gerade jetzt, das möcht' ich nicht. Da bekämen die ja recht, daß ich nicht zu ihnen gehör'. Pappa, sei mir nicht böse, bitte — ich möcht's noch mal versuchen.« Die Worte gingen ihr aus, sie bekam Angst vor dem eigenen Mut.

Niemand sagte ein Wort. Lange blieb es ganz still. Dann spürte sie eine Hand auf ihrem Genick, eine warme, gute Hand, und hörte eine Stimme wie von weither, ganz leise: »Noch mal versuchen — vielleicht ist's das wert.«

CILI WETHEKAM

Die Zeit danach

Zu ihrem vierzehnten Geburtstag, daran mußte sie denken, als immer wieder andere Leute ihr die Hand drückten —, zu ihrem vierzehnten Geburtstag hatte sie sich eine Fête gewünscht für alle ihre Freunde. Keine Geschenke, nur die Fête, bitte, Vater . . .

In Ordnung, mein Kind.

Schnittchen, Kuchen, Pudding, Bowle, Cola. Ein ausgeräumtes Wohnzimmer zum Tanzen. Kerzen. Eine Knetmasse, aus der man am laufenden Band Luftballons pusten konnte, lila, rosa, rote, blaue. Sie schwebten durch den Raum, ließen sich zögernd auf ausgestreckte Hände nieder, die ihnen spielerisch wieder aufwärts halfen. Einer der Jungen hatte eine Verstärkeranlage mitgebracht. Die Nachbarn waren am Vorabend bereits um Nachsicht gebeten worden. Nun dröhnte der Beat infernalisch laut durch die Wohnung. Wo immer man ein Möbelstück anfaßte, vibrierte es unter den Fingern.

Der ganze Raum duftete nach den Rosen, die die Eingeladenen mitgebracht hatten. Sventie zählte einhundertdreiundfünfzig Stück, als die Fête vorüber war. In ihrem langen Zigeunerrock und der weitausgeschnittenen weißen Bluse war Svenja dem Vater um den Hals gefallen. Eine Locke hatte sich aus ihrem aufgesteckten Haar gelöst, der einzelne riesige Ring am linken Ohrläppchen baumelte vergnügt.

Danke dir, lieber Vater, danke, danke, danke! Es war so schön, und wir waren uns alle gut!

Der Vater hatte seine Tochter vorsichtig festgehalten, als sei sie ein Porzellanfigürchen, ein wunderschönes, kostbares, das man nicht zart genug behandeln konnte. Er gab ihr das übliche verlegene Kläpschen auf die Wange. Er freute sich. Drei, vier Sekunden vielleicht war Svenja sich zutiefst bewußt, wie geborgen sie sich in seiner väterlichen Güte fühlte.

Drei Wochen später war er tot.

Immer noch schoben Trauergäste vorüber, um zu kondolieren, wobei sie entweder schweigend die Hand reichten oder Verlegenes murmelten, Forsches, Ungeschicktes. Svenja hätte gern nach der Hand ihrer Mutter gegriffen aber sie fürchtete, mit dieser Geste aus ihrer Kleinkinderzeit ihrer beider Fassung wie dünnes Glas zu zerschlagen.

Gib acht auf deine Mutter, sie hat es schwer, sagte jemand.

Sei tapfer! sagte der Onkel, derselbe, der keine Viertelstunde vor dem Begräbnis, anstatt in aller Stille seinem Bruder noch einen guten Gedanken nachzuschicken, sich mit den übrigen Geschwistern vergnügt über die letzte Urlaubsreise ausgelassen hatte. Vor dem seichten Geplauder war die Mutter ins Nebenzimmer geflohen. Svenja fand sie dort, beide Hände in stummer Verzweiflung vor das Gesicht geschlagen.

Bitte, Mutter, tröste mich . . .

Sie hatte das Mädchen in die Arme genommen, ihre Stirn an Svenjas gelehnt und lautlos geweint. Dann hatte sie geflüstert: Er hat dich sehr geliebt. Alle Tage deines Lebens hast du ihn glücklich gemacht, nur glücklich . . .

Er mich auch, Mutter.

. . . in Vaters Sinne weiterleben, sagte die Tante, die Sentenzen liebte.

. . . um dich sein, unsichtbar, immer. Wird dich beschützen, sagte die alte Dame, die an Geister glaubte.

. . . Svenja, sagten die Freunde nur. Nichts als ihren Namen, und das war noch schlimm genug.

Jetzt hatte der letzte Trauergast sich entfernt, jetzt fuhr der schwarze Wagen sie nach Hause, wo die nächsten Anverwandten und der Pastor sich noch eine Stunde bemühten, ermunternde Gespräche zu führen, als sei etwas Schwieriges großartig vollbracht. Als gäbe es keine gähnende Leere, nicht Vaters Schlüsselbund am Brett, seine Pfeifen im Ständer, seinen Arbeitskittel am Haken im Atelier, seine Stifte, seine Federn, seine Pinsel . . . Und nicht die bange Frage: Was nun? Der Vater war freischaffend gewesen. Da gab es keine Rente. Es blieben nur einige Versicherungsgelder, die die Mutter für Svenjas Studium festlegte. Also verkaufte sie die mit Hypotheken noch stark belastete große Eigentumswohnung und suchte eine Unterkunft in einer einfacheren Gegend. Jemand von der Wohlfahrt kam und holte Vaters Kleider ab, seine Schuhe. Ein Kollege übernahm den Wagen. Noch bevor die Mutter eine Stellung annehmen konnte, zogen sie um. Es wohnten Gastarbeiter in dem verwahrlosten Haus, und unter dem Dach hauste eine Wohngemeinschaft. Svenja bekam die Schlüssel. Um fünf Uhr stand die Mutter auf, sie frühstückten um sechs, um halb sieben verließ die Mutter das Haus, abends gegen sechs kam sie erst wieder.

Wenn wir etwas für euch tun können, egal was, hatten die Freunde und Bekannten gesäuselt, so braucht ihr es nur zu sagen.

Aber als die Mutter sie schließlich zaghaft beim Wort nahm und bat, ob Svenja nach der Schule gegen Entgelt bei ihnen zu Mittag mitessen dürfe, zumal sie selbst in der Werkskantine mit warmem Essen versorgt wurde, erfand jeder eine besondere Ausrede, Svenja abzuschieben.

So war sie sich selbst überlassen, wenn sie gegen zwei Uhr aus der Schule kam. Selten hatte sie früher in der Küche geholfen. Die Eltern hatten auf dem Standpunkt gestanden, Schule sei auch Arbeit, von der man sich ausruhen müsse. Später würde sie noch oft genug Hausfrauenarbeit verrichten müssen.

Nun war dieses »später« gekommen. Zwar gab die Mutter Svenja Geld, um in der Stadt mittags etwas Warmes zu essen, aber das Haushaltsgeld war knapp. Svenja aß lieber eine Bratwurst am Bahnhofsstand zwischen Spatzen und Tauben und gab den Rest des Geldes zurück in die Haushaltskasse. Abends saß die Mutter erschöpft am Tisch, zu müde, um zu sprechen, zu apathisch, um zuzuhören. Svenja weinte nur noch für sich, um der Mutter das Herz nicht schwerzumachen. Über den Vater wurde nicht mehr gesprochen.

Sie gewöhnten sich eine beherrschte, fast verkrampfte Art an, sich zu verständigen. Doch auch als Svenja nicht mehr weinen konnte, bohrte der Schmerz um des Vaters Abwesenheit weiter, wie eine Wunde noch schmerzt, wenn sie nicht mehr blutet.

Nach dem Begräbnis schien die Anteilnahme der Klasse erschöpft. Die Kameraden fühlten sich peinlich abgestoßen von dieser neuen Svenja, die wenig sprach, und dann auch nur, wenn man sie etwas fragte. Die scheu geworden war, als hätte sie etwas Schlimmes verbrochen, wofür sie bestraft worden war. Svenja kam es selbst so vor. Weshalb sonst war ihr dies geschehen und nicht jemandem, der sich mit seiner Familie sowieso nicht vertrug?

Ihre Zensuren verschlechterten sich. Es regnete ohne Unterlaß ironische, barsche, gehässige Bemerkungen seitens der Lehrer, die nicht begreifen konnten, daß man nach einem solchen Verlust nicht einfach den Faden wieder dort aufnehmen konnte, wo er gerissen war.

Die leere kalte Wohnung. Das Frühstücksgeschirr, nachlässig zusammengestapelt in der Küche. Die hastig gemachten Betten. Das Grau des Tages und das Grau der Straße.

Eines Mittags kehrte Svenja heim, ohne daß sie die Schlüssel finden konnte. Die ganze Schultasche kramte sie vergebens aus. Zwar war die untere Haustür tagsüber offen, aber da die Mutter erst in vier Stunden heimkommen würde, mußte Svenja im Flur warten. Sie kauerte sich auf die Schwelle, schluckte ihre Tränen herunter und versuchte sich in ihr Chemiebuch zu versenken. Nur nicht denken! Nur nicht erinnern. Nicht das Spielen spielen, sie habe alles nur geträumt, es würde wieder gut. Es würden Schritte auf der Treppe sein, und Vater würde erscheinen ...

Es tat nicht gut, sich so etwas vorzustellen. Nichts konnte mehr gut werden. Bis an ihr Lebensende würde sie ohne Vater sein.

Jetzt kamen doch Schritte die Treppe hoch, andere Schritte, flüchtigere — Svenja blickte nicht auf, obgleich die Buchstaben vor ihren Augen hüpften. Die Schritte gingen nicht vorüber. Ein Schatten fiel auf die Seiten.

Tagchen, sagte eine weibliche Stimme.

Guten Tag, sagte Svenja und schaute auf. Ein Mädchen, älter als sie. Blaue Augen, blondes, steiles Haar. Bücherpacken unter dem Arm.

Sitzt du so bequem, du armes Tierchen? Schlüssel vergessen, nicht wahr? Komm 'rauf zu uns, da ist es wenigstens warm. Oder darfst du das nicht? Wir sind nämlich die Wohngemeinschaft ganz oben. Wir tun zwar keinem was, wir leben nur billiger, aber vielleicht ist das in einer Wohlstandsgesellschaft gerade unverzeihlich . . .

Meine Mutter hat es mir nie verboten, sagte Svenja. Sie sah, daß das Mädchen einen wenig kleidsamen, viel zu großen Parka und abgeschabte Jeans trug. Es war nicht geschminkt, aber die Haare waren frisch gewaschen.

Ich heiße Greta, sagte es und reichte Svenja die Hand.

Als die Mutter an diesem Abend heimkam, stand Svenja tanzend vor Ungeduld an der Wohnungstür. Mutter! Hör doch mal! Ich habe die Leute von der Wohngemeinschaft kennengelernt, du weißt schon . . .

Von der Kommune? Um Gottes willen, Svenja!

Ist keine Kommune, es ist eine Wohngemeinschaft. Das ist ein großer Unterschied. Jeder hat sein eigenes Zimmer. Sie tragen nur alle zum Essen und zu der Miete bei . . . Ich hatte den Schlüssel vergessen, ein Mädchen kam und lud mich zu ihnen ein. Sie haben mich mitessen lassen. Sie wollen mir auch zeigen, wo man billiger einkaufen kann. Und sie haben ein Baby — oh, Mutter! Zum erstenmal seit — seit Vater — war ich vier Stunden nicht unglücklich. Und sie haben uns eingeladen, heute abend, dich und mich . . .

Eingeladen?

Zu einer Tasse Tee . . . Nur so. Bitte, Mutter, sieh sie dir einmal an. Sie

waren so gut zu mir. Einer der Jungen ist in seinen Semesterferien Gärtner auf Vaters Friedhof. Weißt du, was er mir sagte? Er sagte, man sollte sich die Unzahl der Gräber ansehen, dann weiß man, daß man nicht allein steht. Man darf nicht im eigenen Leid ertrinken, sagt er . . .

Die Mutter schien einige Mühe zu haben, Svenja zu verstehen; als spräche ihr Kind eine völlig fremde Sprache. Wie schlafwandelnd führte sie die Handgriffe im Haushalt aus. Svenja, übersprudelnd, ging ihr zur Hand.

Sie sagten, wenn du es gut findest, könnte ich alle Tage mit ihnen essen, ich brauch' nur die Unkosten zu bezahlen. Und den Gastarbeiterkindern hier im Hause helfen sie bei den Schulaufgaben, das könnte ich sicher auch. Sie unterhalten sich bei Tisch immer über ein vorher festgesetztes Thema. Man lernt eine Menge, Mutter . . .

Kopfschüttelnd hörte die Mutter zu, begriff beschämt, daß auch Svenja litt und nicht vergessen konnte, Trost suchte, Zuversicht. Bitter dachte sie an Svenjas Freundinnen, deren Familienleben intakt war. Gehörte sie noch zu denen?

Gut, sagte sie. Wir gehen nach dem Abendbrot zu ihnen.

Svenjas Hand bebte, als sie die Mutter die Treppe hinaufführte. Es hing so viel von Mutters Eindrücken ab, und dort oben war Wärme, Hoffnung, Hilfe, Kameradschaft, Lebensmut . . .

Ein Junge öffnete. Er hatte lange Haare und eine Brille mit viereckigen Gläsern. Schuhe trug er keine. Nur dicke Wollsocken.

Das ist Jobst, Mutter. Er studiert Soziologie, und wenn er das nicht tut, ist er Gärtner.

Die Möbel im Wohnzimmer waren vom Sperrmüll zusammengewürfelt. Nichts paßte. Ein Poster von einer Chagall-Ausstellung hing über einem großelterlichen Sofa mit verschossenen Troddeln. An einer Wand klebten bunte Ansichtskarten aus aller Herren Länder. Es gab einige Graphiken im Jugendstil. Die Tischdecke war gebatikt.

In einem verschlissenen blauen Sessel lag ein Junge und klimperte nachdenklich auf einer Gitarre. Ein anderer malte ein Aquarell. Ein Mädchen schrieb in ein Ringheft, das es auf den Knien hielt. Sie traten Mutter entgegen. Jobst stellte vor.

Horst ist Kunsterzieher. Ferdinand ist ein Heimkind, er holt sein Abitur nach. Dies ist Greta, studiert Lehrerin. Und Ilona.

Ilona war ein dickes unansehnliches Mädchen, das nicht aufgestanden war. Sie stillte einen Säugling. Das Kleine unterbrach das Trinken, um Mutter ein breites, zahnloses Lächeln zu schenken.

Man unterhielt sich eine Weile über das Kind. Später legte Ilona das Baby Svenja in die Arme. Ich mach' jetzt Tee.

Als sie zur Tür ging, bemerkte Mutter, daß sie hinkte. Horst, der Kunsterzieher, sprach.

. . . weil ich auf dem Standpunkt stehe, daß man mit Kreativität vielleicht noch einiges Krumme in den jungen Menschen geradebiegen kann. Die Art, wie er seinen Pinsel im Malglas auswusch — zartes Geklimper —, erinnerte Svenja anheimelnd an den Vater. Ich arbeite mit Kindern, zu denen die Eltern in Imperativen gesprochen haben, ihr Leben lang. Etwa so: Halt den Mund! Geh ins Bett! Hau ab! Wasch dich! Iß deinen Teller endlich leer . . .

Der Tee war stark und heiß. Ilona schenkte ihn aus einer riesigen kugelrunden, orangefarbenen Kanne ein.

Eine Wohngemeinschaft also? fragte Mutter plötzlich nachdenklich.

Eine, die sich von selbst zusammengetan hat, erklärte Jobst.

Jeder von uns hat sein eigenes Päckchen, und wenn es zu schwer wird, helfen die anderen tragen. Dabei machen wir uns nicht interessant. Das ist nämlich die Gefahr, wenn man zu sehr allein bleibt. Wir können es uns nicht leisten, uns zu sehr um uns selbst zu kümmern. Es gibt so viel Schlimmes, wofür man da sein muß. Wir versuchen dann, es gemeinsam abzubauen. Wie damals, als Ilona ihr Baby bekam. Sie wußte nicht, wohin.

Meine Eltern haben mich vor die Tür gesetzt, erzählte Ilona. Greta hat mich hierhergebracht. Ich habe mir damals gesagt, heiraten werde ich, so wie ich aussehe, sicher niemals. Trotzdem wollte ich etwas haben, was mich lieben würde, was ich lieben konnte. Ich brauchte es einfach, um weiterleben zu können, und wir haben uns alle auf das Kind gefreut.

Und ob, sagte Ferdinand und hörte auf zu klimpern.

Jetzt mach' ich den Haushalt, versorge das Kind, etwas Geld bekomme ich auch. Wenn das Kleine größer ist und nicht mehr auf mich angewiesen, werde ich stundenweise arbeiten gehen. Eine Putze kommt immer zurecht, sie braucht nicht hübsch auszusehen. Nur gründlich muß sie sein.

Ist sie, sagte Horst.

Mutter schwieg und sah auf ihre Hände.

Kann Svenja wirklich . . .

Aber ja. Sie ist nicht die einzige. Wir haben noch auswärtige Schüler, die an manchen Nachmittagen Arbeitsgemeinschaften in den Schulen haben. Die beköstigen wir auch.

Bitte, Mutter . . . sagte Svenja.

Ich muß einige meiner Urteile revidieren, sagte Mutter. Wir haben lange ein geborgenes Leben geführt. Ich bin beschämt, zu sehen, daß man sein Elend, wie Sie es nennen, auch anders bewältigen kann . . .

Sie dachte an spießige, engstirnige Damen, deren einzige Sorge es war, schlemmen zu können, ohne dick zu werden, die Nachbarin mit neuen Sachen auszustechen, Bridge zu spielen, den Mann zu gängeln. Sie dachte an sich selbst, wie sie sich in ihr Kokon aus Selbstmitleid wohlig eingesponnen hatte, die eigene Tapferkeit bewundernd.

Bisher hatte sie Kommunen und Wohngemeinschaften vage in einen Topf geworfen, sie waren ihr immer anrüchig erschienen: Junge Leute ohne Aufsicht, ohne Autorität . . . Es kam wohl auf den Einzelnen an, immer wieder, auch hier.

Vater hätte es mir gestattet, sagte Svenja. Ich weiß es. Vater hat immer Vertrauen zu mir gehabt.

Das stimmt, sagte die Mutter. Ich war die Überbesorgte, die Überängstliche. Er war es, der das Fahrrad kaufte, der sie zum Reiten schickte, der ihr erlaubte, in der Stadt allein ihre Weihnachtseinkäufe zu machen ... Ich wollte, er hätte Sie alle kennenlernen können, so wie Sie hier sind. Er liebte junge Leute. Die mit den langen und die mit den kurzen Haaren. Er sagte: Sie haben noch nicht so viele Fehler gemacht wie wir Älteren. Ich hoffe, daß sie den Machthungrigen und den politischen Verführern gegenüber sehr kritisch werden ...

Wenn wir Kaffeestunde mit Besuch hatten, erinnerte sich Svenja, und wenn Kinder dabei waren, ließ Vater das jüngste Kind immer zuerst sein Törtchen aus der Schale aussuchen, und dann ging er nach dem Alter aufwärts, zur großen Empörung mancher Damen, die an ihre Linie denken wollten und auf ein Obstteilchen hofften. Vater erklärte immer, für ein Kind sei ein Sahneteilchen noch von Wichtigkeit, für einen Erwachsenen dürfe es nichts mehr bedeuten ...

So einen Vater hätte ich auch haben mögen, sagte Ferdinand. Ich hatte gar keinen.

Die Mutter stand auf, um sich zu verabschieden.

Lassen Sie mich wissen, wie wir es finanziell machen sollen, wenn Svenja bei Ihnen ißt, sagte sie. Ich bin gern einverstanden damit.

Geht in Ordnung, sagte Ilona.

Sind sie nicht nett, alle, Mutter? fragte Svenja im Treppenhaus. Natürlich waren sie verlegen, schließlich bist du ja eine Respektsperson ... Mutter! sagte sie plötzlich verwirrt, wir haben über Vater sprechen können, beide, ohne daß es mir wehgetan hat. Es hat mir gutgetan ...

Ja, sagte die Mutter abwesend.

In dieser Nacht weinte die Mutter nicht. Sie lag wach und lauschte auf Svenjas Atem. Sie dachte daran, daß sie ihre Tochter losgelassen hatte, vertrauend auf ihre Selbständigkeit, die für ihr neues Leben unerläßlich war.

Ruth — so war sie eben

Jedesmal, wenn ich in eine Apotheke gehe, muß ich daran denken, heute noch. Es genügt eigentlich schon, wenn sich die Tür zufällig öffnet, und meine Nase erwischt den Geruch der vielen Arzneien. Dann sehe ich das altmodische Haus in der engen Straße der kleinen Stadt vor mir, den doppeltürigen Eingang, das kleine Schaufenster daneben, in dem damals, so erinnere ich mich wenigstens, außer einem farbigen Reklameplakat nichts ausgestellt war. Dahinter der halbhohe Vorhang an einer Messingstange und darüber, von der Straße aus zu erkennen, das Regal mit den dunkelbraunen, weißetikettierten Flaschen, das schmale Gesicht des Apothekers mittleren Alters oder Ruths blonden Haarschopf. Ich kannte dieses altmodische Haus auch von innen, spüre noch heute die stets blankgeputzte Messingtürklinke in der Hand, finde mich im Bauernzimmer des Parterres wieder, im künstlerisch ausgemalten Treppenhaus oder im Herrenzimmer, das den kultivierten Geschmack der Bewohner verriet.

Ja, ich kannte das alles. Aber nicht daran denke ich, wenn ich eine Apotheke sehe, nicht an die Kleinstadtidylle, in der ich selbst jahrelang glücklich gelebt habe. Ich denke immer nur an Ruth. An Ruth, wie ich sie zum letztenmal gesehen habe, und jedesmal muß ich den Anblick verdrängen, diesen Anblick, der mich damals wochenlang nicht schlafen ließ. Damals — wie lange ist das her, und wie deutlich sehe ich es heute noch vor mir.

»Warum?« habe ich damals immer wieder gefragt, dieses nutzlose Warum, und ich habe mir vorgegaukelt, es sei nur ein häßlicher Traum gewesen, und Ruth müßte jeden Augenblick um die Ecke biegen, lachend oder zumindest doch fröhlich, mit ihrem federnden Schritt zur Tür hereinkommen, sich auf den Stuhl fallen lassen, die Beine von sich strecken, die wellige, blonde Haarmähne zurückwerfen und zu erzählen anfangen. Irgend etwas Aufregendes, Außergewöhnliches hatte sie immer gerade erlebt oder geplant. Heute, so viele Jahre später, sind diese aufregenden Dinge nicht mehr der Rede wert, aber damals, in einer Zeit, in der die Morgensuppe auf dem umgedrehten elektrischen Bügeleisen, das zwischen zwei Ziegelsteinen stand, gewärmt wurde, war es ein Ereignis zu erfahren, wo man einige Pfund Kartoffeln, ein Pfund Brot oder sogar einen Liter Milch ergattern konnte. Damals, in den Hungerjahren nach dem Krieg, war alles anders.

Ruth selbst litt keine leibliche Not, und das hatte mancherlei Gründe. Sie war, wenn ich sie richtig beurteile, ihrem Wesen nach kein Mensch, der leiden konnte. Zumindest habe ich es nie bemerkt, und das hätte ich doch müssen, so oft wie wir zusammen waren. Ruth war auch nicht oberflächlich, das hätte ich ebenfalls merken müssen. Ruth war ganz und gar sie selbst, lebte jede Stunde sorglos intensiv, machte aus jedem Tag mit seinen vierundzwanzig Stunden ein Fest, ohne sich dessen bewußt zu sein.

Ich habe keinen Menschen gekannt, der sie nicht mochte. Sie gewann jeden für sich, ob er ihr nur flüchtig begegnete oder in engeren Kontakt mit ihr kam. Ich muß oft an sie denken, wenn ich heutzutage Mädchen zusammenstehen sehe, diskutierend, Flugblätter irgendeiner Ideologie verteilend, lustlos die einen, engagiert die anderen. Rein äußerlich hätte Ruth zu ihnen gepaßt mit ihren langen, blonden Haaren. Aber Ideologien und Diskussionen — ach nein, das nicht. Leben wollte sie, glücklich sein wollte sie, wollte Ruth sein. Und wenn man es ihr hätte ausreden, vermiesen wollen, sie hätte es sich nicht gefallen lassen, aber ohne Protest gegen Umwelt, Elternhaus oder sonst etwas. Sie wollte das Leben lieben, nichts als das.

Ich kann nicht sagen, Ruth wäre besonders hübsch gewesen, und ich kann erst recht nicht sagen, daß ihr Elternhaus ohne Probleme war. Ich kannte es gut. Es war nicht die Apotheke, in der sie arbeitete und die ihr zum Schicksal werden sollte. Ihr Vater war Studienrat. Ich habe ihn allerdings nicht als Lehrer, sondern als Offizier kennengelernt, denn es war Krieg. Nur hin und wieder habe ich ihn gesehen, wenn er auf Urlaub kam.

Unvergeßlich ist mir die erste Begegnung, ein Abend, an dem er in vorgerückter Stunde seine Frau am Flügel zu einigen Liedern begleitete, einfühlsam die schöne Altstimme unterstreichend. Außer dem Apothekerehepaar, meiner Mutter und mir war noch ein Mann anwesend, ein Freund des Hausherrn, der mir unbekannt war. Er hieß Kraft, und es hätte für den energischen, stets hilfsbereiten Mann, als den ich ihn im Laufe der Jahre schätzen lernte, keinen passenderen Namen geben können.

Zunächst erfuhr ich nur gerüchteweise von der engen Verbindung, die zwischen ihm und Ruths Mutter bestehen sollte, und ich war geneigt, das Ganze als Kleinstadtklatsch abzutun, so gelöst, ja ausgelassen verlief dieser Abend. Nicht der leiseste Mißton kam auf, vielmehr echte Freude darüber, wieder einmal beisammen zu sein, denn immerhin war Ruths Vater Frontsoldat.

Nur meine Mutter und ich waren neu in dieser Runde, und es konnte keinen ausgeglicheneren Anfang für eine Freundschaft geben, auch für die zwischen Ruth und mir nicht. Sie selbst hat mir wenig später, als ihr Vater, den sie zärtlich Väterchen nannte, wieder an die Front zurückgekehrt war, alles erzählt, ohne Anklage, ohne Peinlichkeit. Sie litt nicht darunter. Sie wollte es mir als erste erzählen, damit ich es nicht von anderen erfahren müßte.

Ihre Mutter, in Wirklichkeit ihre Stiefmutter, hatte einen ungewöhnlichen Weg hinter sich. Aus strenggläubigem Hause stammend, war sie von ihren Eltern zur Nonne bestimmt worden, von Lebenshunger erfüllt aber wieder aus dem Kloster geflohen. Später hatte sie Ruths verwitweten Vater geheiratet und war für Ruth und ihren älteren Bruder die liebevollste Mutter geworden und geblieben, auch als Ruths kleine Schwester geboren wurde.

Ob sie als Frau von Ruths Vater glücklich war, danach fragte niemand. Vielleicht glaubte sie es selbst, bis ihr der Mann über den Weg lief, der Kraft hieß. Daß sie ein Verhältnis mit ihm anfing, konnte der Vater nicht verhindern. Mit der Zeit erfuhr es die ganze Stadt, aber zum Schluß schien es ihm gleichgültig zu sein.

Ruth erzählte es mir ohne jeden Vorwurf in der Stimme, dazu hing sie viel zu sehr an diesem Mann, der ihr den abwesenden Vater ersetzte. Ich habe mehr als einmal erlebt, wie sehr auch dieser Mann an den drei Kindern hing, wie er die Liebe zu seinen eigenen Kindern auf Ruth und ihre Geschwister übertrug und wie unglücklich er war, daß ihm die eigenen Kinder wegen der Verbindung zu Ruths Mutter den Rücken gekehrt hatten.

Manchmal war ich nahe daran zu fragen: Und dein Vater, Ruth? Aber das erübrigte sich eines Tages von selbst, als mir Ruth erzählte, daß sie täglich an ihren Vater schriebe, täglich, auch wenn es oft nur ein paar Zeilen seien. Es gab wohl niemanden in Ruths sechzehnjährigem Leben, der ihr näher stand als der so entfernt lebende Vater, mit dem sie mehr fühlte, als ihr bewußt war. Wieviel Wärme und Zärtlichkeit er nötig hatte! Deshalb erhielt auch sie von ihm täglich einige Zeilen, und wenn diese, wie es damals oft geschah, einmal ausblieben, überspielte sie ihre Sorge um ihn, indem sie die verrücktesten Pläne schmiedete für die Zeit, wenn der Krieg einmal zu Ende sein würde.

Wie gut ich ihre Angst verstehen konnte! Ich hatte meinen Vater ja schon verloren und stand jetzt neben meiner Mutter an seiner Stelle. Eine Aufgabe, die mir manchmal so schwer auf den Buckel drückte, daß ich sie gern losgeworden wäre. Ich tröstete mich damit, daß es vielen, allzu vielen Frauen und Mädchen erging wie mir, die den Platz eines Mannes ausfüllen mußten, und wenn mir heute die Forderung nach Emanzipation entgegentönt, höre ich immer genau hin, ob wieder neue Pflichten aufgezählt werden, die auf die Frauen zukommen sollen. Mir waren sie schon damals nicht neu. Wie gern wäre ich manchmal so unbekümmert gewesen, wie Ruth es war.

Der Krieg nahm ein Ende, und das Leben ging ohne die ständige Angst um das Leben der Angehörigen weiter. Ruth verließ die Schule und wurde Apothekenhelferin in jener Apotheke, an die ich so oft erinnert werde. Das Land wurde von den Siegern besetzt und in Zonen aufgeteilt. Ruths Vater überlebte. Er ließ sich nicht zu seiner Familie, sondern in seine rheinische Heimat entlassen. Auch Ruths Bruder überstand den Krieg und ging zum Vater. Ruth, ihre Mutter und ihre Schwester litten keine Not, dafür sorgte Herr Kraft. Und Ruth sorgte für uns, meine Mutter und mich, die wir alles verloren hatten.

Es gab noch einmal einen Abend in der Wohnung ihrer Mutter, der schon im Zeichen des Abschieds stand. Ruths Mutter wollte einen Tag später in den Westen fahren, zu ihrem Mann, um zu ergründen, ob ein neuer Anfang mit ihm möglich und besser sei. Der Flügel existierte noch. Ruths Mutter setzte sich daran, zögernd, wir hatten sie lange darum bitten müssen, sie sang und begleitete sich selbst. Ruth ließ keine Abschiedsstimmung aufkommen, mochten auch noch so viele Ungewißheiten oder Veränderungen vor ihr und uns allen liegen. Sie lebte, diejenigen, die ihr nahestanden, lebten auch, und leben hieß für sie ja sagen und sich freuen. So war sie eben.

Auf dem Nachhauseweg nahm ich mir vor, am kommenden Nachmittag zur Abfahrt des Zuges an der Bahn zu sein, um mit Ruth zusammen ihrer Mutter nachzuwinken. Ich wollte Ruth nichts davon sagen, wenn ich sie zur Mittagspause abholte wie jeden Tag.

Am Mittag des nächsten Tages kam ich ein paar Minuten später als sonst aus der Fabrik, warum, weiß ich nicht mehr. Ich lief, um aufzuholen — aber da war es wohl schon geschehen. Vielleicht war es in dem Augenblick geschehen, als ich gerade von meinem Arbeitsplatz aufstand oder als ich mir die Hände wusch oder als ich im Gang stand und überlegte, ob ich die Jacke anziehen sollte oder nicht. Ach was, es war so ein schöner Sonnentag, Ruth würde bestimmt schon kurzärmlig sein unter dem weißen Kittel.

Als ich laufend in die enge Straße einbog, staute sich der Apotheke gegenüber eine Menschenmenge. Jemandem ist schlecht geworden, dachte ich, was sonst! In diesen Hungerjahren kam das häufig vor. Es blieben mir nur noch Sekunden für solche Gedanken. Dann sah ich das Krankenauto vor der offenen Apothekentür, die zerbrochenen Scheiben. Jetzt sah ich Ruth, ahnte, daß sie es war, dort unter der Tür zwischen den Männern, in eine Decke gehüllt, sah es, wußte: es war Ruth!

»Macht doch schnell — schnell — meine Augen — ich kann nichts sehen — macht doch schnell...« Ruths Stimme. Kein Schrei, nur: »Macht doch schnell, meine Augen.« Dauerte es Ewigkeiten, bis sie im Krankenwagen untergebracht war? Bis sie endlich abfuhr? Oder nur Sekunden? Was weiß man noch, wenn man dem Entsetzen gegenübersteht, nicht weiß, wohin man sich wenden soll vor Grauen. Ruth hatte gebrannt. Aber wieso Ruth, das Haus brannte doch nicht, auch wenn jetzt die Feuerwehr vorfuhr. Ein Mensch fängt doch nicht einfach zu brennen an!

Gleich darauf erfuhr ich, wie es gekommen war. Ruth hatte — würde sie durchkommen, würde sie am Leben bleiben? — Ruth hatte im Nebenraum Äther abgefüllt, schnell vor der Mittagspause noch. — »Macht doch schnell, meine Augen!« — Die dunkelblaue, weißetikettierte Flasche im Regal, fast leer, hatte sie auffüllen wollen aus der großen Fünfliterflasche. — »Macht doch schnell, ich kann nichts sehen!« — Ja, das hatte sie nicht gesehen: auf dem Tisch stand der angeschaltete Elektrokocher mit seiner offenliegenden, glühenden Heizspirale. Die große Flasche hielt sie im Arm, die kleine stand vor ihr auf dem Tisch. Ruth beugte sich vor, goß ein, der Äther fing Feuer, die Flasche in ihrem Arm explodierte. Am ganzen Körper brennend, warf sie sich auf den Boden, um die Flammen zu ersticken. »Eine Decke! Eine Decke! — Werft mir doch eine Decke über!« Auch in diesem Augenblick blieb sie Ruth.

Sie tröstete ihre Mutter, die sie neben sich am Bett nicht mehr sehen konnte, bat sie, zum Vater zu fahren, ihn keinesfalls zu ängstigen. »Denn das wird alles wieder, glaub mir, das heilt, ich werde gesund. Wie spät ist es, Mutter, muß du nicht zum Bahnhof, mußt du nicht gehen, schieb es nicht auf, Mutter, laß Vater nicht warten . . .«

Am späten Nachmittag starb sie. Die Unzulänglichkeiten der Menschen, zwischen denen sie aufwuchs, hatten sie nicht verletzt, weil sie nicht verurteilte, vor allem aber wohl, weil sie jeden zu sehr liebte. Eine unzulängliche Heizplatte tötete sie. Wer begriff es? Wer faßte es? Auf ihrem Grab fand sich der Kranz ihres Vaters, er mußte von ihrem Vater sein. Meinem Sonnenkind, stand auf der Schleife, sonst nichts.

KARL ROLF SEUFERT

Die Jadegöttin

Sie warteten bereits auf ihn. Die feuchten Hände gegen die Schaufensterscheibe von Tai Pos Seidenladen gepreßt, als wollten sie der Polizei mit sauberen Fingerabdrücken die Arbeit erleichtern, lehnten sie in der Passage, zwei magere Galgenvögel, während die Lichter der Verkehrsampeln an der Ecke in immer gleichem Rhythmus über ihre Gesichter zuckten, mal grün, mal rot.

Chang grinste, als er sie sah; er liebte Disziplin bei anderen. Mit einem raschen Schritt tauchte er aus dem Menschengewühl der Wanchai Road hervor. Sie sahen ihn erst, als er breitbeinig vor ihnen stand, und zuckten zusammen — ein kräftiger, hochgewachsener Bursche in ausgewaschenen Jeans, die zwei Nummern zu klein waren, offenem, großkariertem Hemd und amerikanischen Tennisschuhen.

»Ihr wißt also, was ihr zu tun habt«, redete er sie an. »Wir schlendern ganz unbefangen hinein — immer einer nach dem anderen, ganz ruhig und unauffällig«, belehrte er sie. »Ich gebe das Zeichen, ist das klar? Dann drängt ihr euch gegeneinander und beginnt eure Prügelei ... Ich komme dann mit der Figur und treibe euch auseinander. Hinter mir beginnt ihr euch erneut zu prügeln und versperrt den Ausgang. Laßt keinen 'raus! Ich brauche mindestens eine Minute Vorsprung. Ist das klar?« Chang musterte die beiden. »Und noch etwas: Ihr kennt mich nicht! Habt mich nie gesehen. Wenn ihr dabei bleibt, kann euch nichts geschehen.«

Sie antworteten nicht, und er nickte. »Dann ist also alles okay. Behaltet mich im Auge und fangt nicht an, bevor ich das Zeichen gebe.«

Die beiden blieben zurück, und Chang schlenderte aus der Passage. Zwanzig Meter weiter sah er die Auslage von Chow Lungs Laden. Das fleckige Schaufenster war vollgestopft mit Antiquitäten und Souvenirs. Er studierte die Elfenbeinschnitzereien, die Tänzerinnen, Göttinnen und taoistischen Weisen, die zwischen allerlei Steinzeug und Lackarbeiten standen. Die meisten waren gar nicht aus Elfenbein, sondern aus Rinder- und Rhinozeroshorn, geschickte, fleißige Werkstattarbeiten, wie sie in den Seitengäßchen von Wanchai und Kowloon zu Tausenden gefertigt wurden, aber ohne jeden künstlerischen Wert. Da war nichts, das einen Kenner wie ihn interessieren konnte, und er blickte nun ins Innere.

Einige Kunden mit umgehängten Fotoapparaten, offensichtlich Amerikaner, drängten sich um die Holzschnittmappen, farbenfrohe Nachdrucke, die ebenso teuer wie wertlos waren. Zwischen ihnen bewegte sich, angespannt und eifrig, der alte Chow selbst.

Das hätte nicht besser sein können. Der gelbgesichtige Fuchs war vollauf damit beschäftigt, seinen ahnungslosen Besuchern die Blätter aufzuschwatzen.

Chang öffnete die Tür und schob sich an den Fremden vorbei, den schmalen, gewundenen Gang entlang, zu den Jadeschnitzereien. Auch hier gab es eine Menge Imitationen, die meisten aus gefärbtem Glas; aber daneben besaß der alte Chow immer auch einige wirklich echte, alte Stücke für die wenigen Kenner, die sich in seinen Laden verirrten. Von einer solchen Figur konnte man in Hongkong leicht ein Vierteljahr leben und, wenn man sich einschränkte, sogar noch länger. Für sie zahlten die Hehler in der Backwater Street einen anständigen Preis, wußte er.

Eine Verkäuferin kam aus dem Hinterzimmer und blieb vor ihm stehen. Sie schien nicht sehr interessiert. Immerhin fragte sie: »Was kann ich für Sie tun?«

Natürlich hatte sie ihn längst abgeschätzt und ahnte, daß er keine hundert Dollar in der Tasche hatte.

»Ich weiß noch nicht, Baby«, sagte er. »Irgend so was aus der Vitrine dort.«
Er nahm die Hände nicht aus der Tasche und deutete mit dem Kopf auf den Glasschrank. »Ein Geschenk für meinen ehrenwerten Onkel. Er ist noch einer von der alten Sorte. Er liebt solche Sachen. Hat schon einen ganzen Schrank voll.«
Einen Schrank hatte Changs Onkel, aber voller leerer Flaschen.
Das Mädchen rührte sich nicht und kräuselte nur ein wenig die grellgeschminkten Lippen. »Sie sehen, was wir haben. Die Preise richten sich nach der Qualität.«
»Was Sie nicht sagen!« Er sah ihr in die Augen. »Ich dachte schon, nach den Brieftaschen der Kunden.«
Die Verkäuferin war knapp zwanzig, stellte er fest, und überraschend hübsch in ihrem schwarzen Satinkittel mit dem weißen Jungmädchenkragen. Ihre Augen begegneten sich, und sie schob ein paar Härchen aus der Stirn. Sie hatte gepflegte Haare, schwarz wie Rabenflügel, mit blauen Glanzlichtern, wo das Licht darauf traf. Sie schien nicht ganz so sicher, wie sie gern wirken wollte. Fast tat sie ihm ein wenig leid, als er an den Ärger dachte, den sie durch ihn bekommen würde.
Er hatte sich über die Vitrine gebeugt und gab vor, die Kleinplastiken zu studieren, die vor der Spiegelrückwand standen. Jetzt konnte er auch die beiden sehen, die ihre Nasen gegen die Schaufensterscheiben preßten.
Zwei Minuten würde es also noch dauern. »Könnte ich die Kleine dort einmal sehen?« Er deutete auf die handgroße Figur einer Göttin.
Die Verkäuferin rührte sich nicht. »Die ›Kleine‹ dort ist eine Hofdame der Mingzeit, die eine Schale mit Früchten trägt.«
»Das dachte ich mir schon. Aber warum auch nicht?« Chang zeigte seine Zähne. »Ming ist mir schon recht. Spätes 17. Jahrhundert, das würde sich sogar ganz gut machen, glaub' ich.«
Das Mädchen stand unbeweglich. »Nicht gerade etwas für fünfzig Dollar, Sir.« Zum erstenmal hatte sie ihn Sir genannt.

»Trotzdem, Baby. Kann ich sie einmal sehen?«

Das Mädchen schloß die Vitrine mit leisem Widerstreben auf und holte die Figur zwischen den anderen hervor.

»Ein wirklich schönes, altes Stück, wie es nicht mehr viele im Handel gibt.«

Chang nickte. Wem sagte sie das!

Chang besah die Unterseite; sie trug kein Siegel, aber das wollte nichts heißen. Die Statue war Klasse.

»Das ist eine Lan Ts'ai-ho, wenn Sie einer fragt, Baby. Eine Gestalt aus dem populären Taoismus. Eine Art Glücksgöttin also. Was soll sie denn kosten?«

»Sechstausend Dollar, Sir.«

»Doch nicht etwa amerikanische?«

»Hongkong-Dollar.«

»Das klingt schon besser, aber immer noch zu teuer.«

Die beiden kamen jetzt durch die Tür.

»Wenn Sie etwas Preiswerteres suchen . . .« sagte das Mädchen unsicher.

»Hier ist eine Kuan-yin . . . Eine sehr schöne Arbeit, aber sehr viel jünger.«

Chang nickte. Die Figur war nicht schlecht, aber keine zwei Jahre alt.

»Hundert Dollar, Sir.«

Wie glatt ihr jetzt das Sir über die Lippen ging! Er blickte in den Spiegel der Vitrine. Die zwei standen kampfbereit. Mechanisch zündete er sich eine Zigarette an, die Flamme zitterte zwischen seinen Fingern. Plötzlich hätte er die ganze Sache am liebsten abgeblasen.

»Was ist das für Material?«

Die Verkäuferin zögerte.

»Glas«, sagte er, hielt die Figur gegen die Wange und nickte. »Nichts als Glas . . . Grünes Glas.«

In diesem Augenblick ging der Krach los. Sie hatten also sein Nicken gesehen. Die Touristen ließen sofort von den Holzschnitten ab und drängten heran. Zwei Frauen nestelten an ihren Kameras und schossen mit Blitz-lichtern Erinnerungsfotos. Die beiden machten ihre Sache gar nicht schlecht, soweit Chang das sehen konnte.

»Was ist denn mit denen los?« fragte das Mädchen hinter ihm.

»Weiß nicht«, sagte er leichthin. »Sieht nach einer kleinen Prügelei aus«, murmelte er zwischen zwei Zügen aus seiner Zigarette.

Sie beobachtete mit geweiteten Augen den Kampf. »Achten Sie einmal auf die Schläge! Keiner trifft wirklich . . . Jetzt! Jetzt wieder! Da! Sehen Sie? Das Ganze sieht aus, als wäre es nur gestellt.«

Die Kleine beobachtete verteufelt gut. Chang fühlte, wie sich sein Puls beschleunigte. »Glauben Sie wirklich?« fragte er gedehnt. »Warum sollten sie das machen?«

»Aber sie tun sich doch gar nicht weh. Sehen Sie doch! Sie dreschen schein-bar aufeinander los, aber kein Schlag sitzt wirklich.«

»Ziemlich unwahrscheinlich«, murmelte er mit trockenem Mund. Die Kleine war gar nicht dumm.

»Aber so sehen Sie doch!« fuhr sie hartnäckig fort. »Sehen Sie? Der Schlag kam so langsam, daß der andere ihn wieder abblocken konnte . . . Und dieser Schwinger . . . Wie in Zeitlupe . . . Die beiden sind höchstens drei-zehn, aber sie arbeiten mit uralten Tricks wie echte Profis . . .«

»Einen Wortschatz haben Sie!« entfuhr es ihm. »Woher kennen Sie sich im Boxen so gut aus?«

»Ich habe vier Brüder und alle im gleichen Alter«, sagte sie.

In diesem Augenblick stürzten die beiden höchst dramatisch gegen den Ver-kaufstisch, auf dem die Holzschnitte gestapelt waren, und die farbigen Blätter segelten durch den Laden.

Das war die entscheidende Sekunde! Chang griff nach der Jadegöttin. »Ich werde sie 'rauswerfen!«

»Kennen Sie sie etwa?« Das Mädchen starrte ihn mit weitaufgerissenen Augen an. »Sie kennen sie . . .« flüsterte sie. »Sie gehören dazu.«

Mit einem dumpfen, beklemmenden Gefühl in der Magengegend rannte er
los. Die nächste Minute mußte alles entscheiden, aber er war sich des Er-
folges keineswegs mehr sicher.

Was nun kam, geschah so jählings und schnell, daß Chang sich später nie
der genauen Reihenfolge der Ereignisse erinnern konnte. Er rannte auf die
beiden los, befahl ihnen scharf, sofort aufzuhören, und rief den Zuschauern
zu, Platz zu machen. Im selben Moment erhielt er eine Rechte aufs Auge,
die ihn zwei Schritte zurückwarf. Er verlor das Gleichgewicht und stürzte.

Mit dem nächsten Atemzug war er wieder auf den Beinen, sprang auf einen
bulligen, rothaarigen Touristen los, in dem er den Angreifer vermutete,

versetzte ihm mit der Linken einen Schwinger und sauste selbst in einen Haken, der ihm wie ein Feuerstrahl die Wirbelsäule entlangzuckte. Das letzte, was Chang sah, war der Rothaarige, der herumstrampelte wie auf einem Fahrrad.

»Haltet ihn fest, den Stinker!« hörte er die triumphierende Stimme des alten Chow aus unendlichen Fernen zu sich dringen. Dann telefonierte eine aufgeregte Verkäuferin nach der Polizei, ein Stuhl stürzte um, Glas klirrte. Und als er die Augen wieder öffnete, sah er den alten Chow mit einer Wäscheleine über sich stehen. Wahrscheinlich wollte er jetzt kein Risiko mehr eingehen.

Vor dem Schaufenster wartete die ganze Nachbarschaft. Die Menschen jubelten, als der Streifenwagen der Polizei endlich mit kreischenden Bremsen hielt.

Die Beamten brauchten fünf Minuten, um Chang vom alten Chow zu trennen, und weitere fünf, um die beiden wieder auf die Beine zu stellen. Als Chang schließlich auf einem Stuhl saß, verlangten die Polizisten eine Erklärung von ihm, aber er schüttelte nur den Kopf.

»Verlange zuerst, meinen Anwalt zu sprechen«, murmelte er in einem Anflug von Trotz. »Kenne meine Rechte.«

»Wir haben ihn festgenommen, als er mit einer Jadefigur fliehen wollte . . .« begann der alte Chow.

Der Polizeioffizier winkte ab. »Soll uns der Totschläger doch selber sagen, wie er die Sache angefangen hat.«

»Bin kein Totschläger.«

»Was hast du denn sonst gemacht?«

Chang kreuzte seine Arme.

»Antworte! Wenn du nicht wegen versuchten Totschlags hier sitzt, bist du hier wegen Raubüberfalls — oder bist einer von den Kokshändlern aus der Canton Road?«

»Bin ich auch nicht.«

»Und was ist dein Beruf?« fragte der Hauptmann im Tonfall des Harmlosen.

»Ich arbeite, Captain.«

»Woran arbeitest du denn?«

»Aber Captain, doch in meinem Beruf.«

»Und was ist dein Beruf?«

»Aber Captain!«

»Freut mich, daß wir das geklärt haben«, sagte der Hauptmann sarkastisch.

»Was hattest du denn vor, als du in den Laden kamst?« Er musterte den
Jungen kritisch.

»Bin doch nur gekommen, um ein Geschenk für meinen Onkel zu kaufen«,
behauptete Chang; aber er hörte selbst, daß seine Stimme nicht überzeu-
gend klang.

»Mit einem alten Stück zu verschwinden, meinst du wohl.«

»Ich gehe nur den geraden Weg.«

»Den geraden Weg ins Loch, hast du gemeint.«

»Nie und nimmer, wo ich doch unschuldig bin. Wollte nur die beiden trennen, damit sie nicht mit ihrem Fight den Laden demolieren . . .«

»Schon gut, mein Junge! Dann willst du also, daß wir dir eine Belobigung
für vorbildliches Verhalten erteilen?« sagte der Hauptmann müde und
zuckte die Achsel.

»Jawohl, Sir.«

»Und was ist damit?« Der Hauptmann knallte die grüne Jadefigur auf den
Verkaufstisch neben sich. »Ist sie es . . . Ist sie es, wegen der du bis über
die Ohren in Schwierigkeiten steckst?«

»Eine unersetzlich wertvolle Kleinplastik, Sir! Echte Jade!« zeterte der alte
Chow. »Mit Expertise! Ming-Dynastie.«

Der Hauptmann nahm die Plastik auf und besah das Preisschild. »Achtzig
Dollar«, las er laut.

»Er ist kein Dieb«, sagte die Verkäuferin plötzlich und schob sich durch den Kreis der Zuschauer. »Er hatte gerade die Figur kaufen wollen, als das Durcheinander losging. Hier ist sein Geld.« Sie zeigte zwei zerknüllte Fünfzig-Dollar-Scheine.

Das war die Wende. Der alte Chow schluckte hörbar, schlurfte mit vorgerecktem Kopf heran und besah die Plastik unter der hochgerückten Brille.

Die Gesichter lösten sich. Einige Kunden klopften ihm ermunternd den Rücken, und der Rothaarige, unter dessen Schwinger er zu Boden gegangen war, bot ihm eine Camel Filter an.

Der Hauptmann winkte seinen Begleitern.

»Da hast du aber noch einmal Glück gehabt, daß wir herausbekommen haben, was wirklich passiert ist. Du kannst jetzt gehen. Ich glaube, du bist in Ordnung.«

Der alte Chow erschien mit einem sorgfältig verschnürten Päckchen. Sein runzeliges Schildkrötengesicht strahlte Wohlwollen aus.

»Hier, mein Junge, eine kleine Erinnerung an den Nachmittag, und lassen Sie sich wieder einmal bei uns sehen. Sie sind allezeit willkommen.«

»Danke, Sir. Werde ich machen. Ganz bestimmt, Sir.«

Sie drückten einander die Hand; Chang entdeckte, daß er ohne große Anstrengung in seine neue Rolle hineinwuchs. Als er die Hand öffnete, sah er die beiden Fünfzig-Dollar-Scheine darin. Aber das war eigentlich nur selbstverständlich, und er stopfte sie lässig in die Gesäßtasche der Jeans.

Die kleine Verkäuferin hatte ihn anscheinend schon vergessen. Sie kroch über den schmutzigen Fußboden und sammelte die Holzschnitte ein. Eine schwarze Haarsträhne hing ihr ins Gesicht, und sie blies sie beiseite. Er winkte mit der Hand lässig in ihre Richtung, war aber nicht sicher, ob sie seinen Gruß überhaupt bemerkte. Nicht einmal gratuliert hatte sie ihm. Immerhin hatte er sich großartig gehalten.

Er spürte, daß ihm die Blicke folgten. Als er die Tür erreichte, zog er seinen Kamm hervor und fuhr sich durchs Haar. Dann schritt er auf die Straße wie ein Sieger.

Der Händler in der Backwater Street hob den Kopf und sah ihn mit verschlagener Miene an.

»Woher hast du die Figur?«

Chang zuckte die Schulter. »Wollen Sie sie kaufen? Oder wollen Sie sich nur unterhalten?«

Der Händler klemmte eine Lupe ins rechte Auge, zog die Tischlampe mit der Zweihundert-Watt-Birne heran und betrachtete die Statue. Dann hielt er sie an die Wange und kratzte mit dem Daumennagel am Sockel. Er ließ sich eine Menge Zeit.

»Ich will mit der Polizei nichts zu tun haben.«

»Verstehe«, grinste der Bursche. »Wollen schließlich Ihren guten Ruf nicht verlieren. Aber macht nichts.« Er griff nach der Figur. »Dann kauft sie eben ein anderer.«

Ihre Blicke trafen sich.

»Ich habe nicht gesagt, daß ich sie nicht kaufen will.«

Chang stellte die Plastik aufrecht. »Dann fragen Sie nicht so viel. Hundert Dollar, und sie gehört Ihnen. Das ist eine erstklassige Arbeit.«

»Wer eine wirklich erstklassige Arbeit kaufen will, kommt nicht zu mir mein Junge.«

Chang scharrte mit dem Fuß. »Aber Sie sehen doch selbst, daß die Göttin gut ist.«

»Was heißt hier gut!« Der Händler blickte erneut durch seine Lupe. »Sie ist weder alt, noch ist sie aus Jade. Das ist Glas — nichts als Glas . . . So was lernt man schon nach vier Wochen.«

»Hundert Dollar.«

»Bin ich Henry Ford?« Der Händler öffnete den Mund und zeigte seine gelben Zähne. »Zwanzig.«

Das uralte Ritual des Ostens hatte begonnen. In Hongkong wie einst im Alten China wurde nichts zum festen Preis gekauft oder verkauft. Hier handelte man unter allen Umständen und um alles.

75

»Neunzig Dollar.«

»Fünfundzwanzig.« Der Händler beobachtete Changs Miene.

»Achtzig — mein letztes Wort.«

»Dreißig.«

»Kommt nicht in Frage.«

»Zweiunddreißig . . .« Der Händler holte tief Atem. Seine Stimme war kaum mehr zu hören. »Dreiunddreißig . . .«

»In Ordnung«, sagte Chang und nahm die Figur wieder an sich. »Vielleicht machen wir das nächste Mal ein Geschäft.«

Er packte die Figur sorgfältig wieder in das Seidenpapier und schob sie unter den rechten Arm. Er wußte, daß er fünfunddreißig Dollar als äußersten Preis erzielt haben würde. Aber die Sache lohnte sich nicht. Ihm war ein besserer Einfall gekommen.

Als er Queensway erreichte, sah er auf die Uhr. Es war schon halb neun. Um acht hatte er sich mit den beiden treffen wollen. Sie lungerten bereits unruhig um den Fünfzig-Cent-Basar. Als sie ihn erkannten, hellten sich ihre Gesichter auf.

»Hätte nicht gedacht, daß du da so schnell wieder loskommen würdest. Sah eine Weile böse aus für dich.«

Sie schwatzten durcheinander. »Wir sind genau im Bilde. Haben von außen alles gesehen.«

»Dann wißt ihr ja Bescheid.« Chang verzog das Gesicht. »Es gibt eben immer einen Weg . . .« sagte er dunkel und sah die beiden an. »Nur viel ist nicht dabei herausgesprungen. Zwei Dollar pro Nase.«

»Nur zwei Dollar?« Die Begeisterung der beiden verflog.

Chang runzelte die Stirn. »Warum dreht ihr nicht mal zur Abwechslung selbst ein Ding, wenn ihr's besser könnt?«

»Okay, Chang, okay! Haben ja nichts gesagt.«

Er verteilte das Geld.

»Und was machen wir als nächstes?«

»Weiß ich noch nicht.« Er blickte auf die Uhr. »Hab' jetzt keine Zeit mehr. Bis später.«

Der Zeiger der elektrischen Uhr neben Chows Antiquitätenladen sprang auf neun, als er die Passage erreichte. Ein langer Tag für die Mädchen. Für jeden in Hongkong. In der Stadt gab es keinen festen Ladenschluß, keine Polizeistunde, keinen garantierten Urlaub. Hier wurden Geschäfte rund um die Uhr gemacht, wo immer sich eine Gelegenheit bot. Nur dort, wo keine Hoffnung auf Touristen mehr bestand, rasselten jetzt die Stahlgitter herab. Er angelte eine Zigarette aus der Brusttasche. Die Kleine ließ sich ganz schön Zeit. Er würde ihr noch fünf Minuten bewilligen, dann konnte sie sehen, wo sie blieb.

»Hallo!« sagte plötzlich eine Stimme neben ihm. Er hatte sie nicht erkannt, weil sie in ihren eigenen Kleidern jünger aussah als in dem schwarzen Geschäftsdreß.

»Hallo, Baby!« Sie war ja kaum mehr als ein Kind. »Sie sehen aber jetzt sehr viel jünger aus als in dem muffigen Laden.«

»Enttäuscht?« Sie lächelte ihn an.

»Überhaupt nicht. Nicht ein bißchen.«

»Das liegt am Schminken. Viele Mädchen schminken sich sehr stark, damit sie älter aussehen, weil sie fürchten, sonst ihre Stellung zu verlieren.«

»Wie alt sind Sie denn wirklich?«

Sie zögerte. »Siebzehn. Nein, sechzehn — im nächsten Monat.«

»Arbeiten Sie schon lange in dem Laden?« Er fühlte sich großartig.

»Seit der Schule. Fast ein Jahr jetzt«, gestand sie.

Er nickte. »Trinken wir einen Tee zusammen?« Er deutete auf das Restaurant gegenüber, dessen rote Neonblitze durch die rauchige Dunkelheit zuckten.

»Aber bitte nur eine Viertelstunde. Dann muß ich nach Hause. Sie warten mit dem Abendessen auf mich.«

Sie betraten das Lokal und nahmen auf den roten Kunstlederhockern Platz.

Ein müde aussehender Kellner schob ihnen den Tee mit automatischen Bewegungen zu.

»Wie heißen Sie eigentlich?«

»Han Lüeng«, sagte sie leise.

»Han Lüeng ›Stimme des Windes‹ . . . Ein schöner Name. Gefällt mir. Ich heiße Chang — nichts, um besonderen Staat damit zu machen.

Sie blickte ihn über ihre Tasse hinweg an. »Ich hätte Sie auch gern einmal etwas gefragt.«

»Fragen Sie nur!«

»Sie wußten heute nachmittag erstaunlich viel über Ming und Jade, und was es da so gibt — mehr als ich. Woher wissen Sie das?«

»Habe mal zwei Jahre in so einem Laden gearbeitet. In Kowloon, gegenüber dem President Hotel.«

»Oh!« meinte sie überrascht. »Und warum tun Sie's nicht mehr?«

»Gingen pleite«, bekannte er. »Aus. Vorbei.«

»Oh . . .« machte sie langsam. »Ich verstehe.« Nach einem Augenblick fügte sie hinzu: »Und Sie haben keine Arbeit mehr gefunden? Trotz Ihrer Kenntnisse? Mr. Chow wäre wahrscheinlich glücklich, wenn er jemanden hätte, der soviel weiß wie Sie.«

»Nein«, gestand er. »Für jede Stelle gibt es zwei Dutzend Bewerber . . . Und selbst die, die anfangs an mir interessiert waren, hatten plötzlich keinen Bedarf mehr, als sie erfuhren, woher ich kam . . . Irgendwie ist man abgestempelt, wenn man von einem Pleitemacher kommt.«

»Hören Sie! Mr. Chow sucht seit langem eine Hilfskraft.« Sie sah Chang einen Augenblick fragend an. »Für ihn sind Sie jetzt so etwas wie ein weißes Schaf . . . Sie könnten es doch einmal bei uns versuchen«, sagte sie rasch. »Ich will gerne mit ihm sprechen, wenn Sie wollen.«

»Das wollen Sie für mich tun? Aber Sie kennen mich doch gar nicht.« Er starrte sie blind und dumm an. »Das ist doch verrückt! Einfach verrückt . . . Vielleicht nehme ich Ihr Angebot sogar an. Aber ich bin nicht der edle Rit-

ter, für den Sie mich vielleicht halten ... Die beiden heute nachmittag
machten ihren Fight nicht zufällig ...«

»Ja«, sagte sie ruhig und leise, aber mit einer unverkennbaren Überzeugt-
heit in der Stimme. »Ich hab's bemerkt. Ich weiß Bescheid, Chang.« Sie
lächelte ihn an, während sie ihren Tee in kleinen Schlucken trank. »Ich
wußte auch, daß ich Sie wiedersehen würde«, flüsterte sie. »Ich war ganz
sicher ...«

»Wirklich?«

Da wußte sie mehr als er selbst. Plötzlich fiel ihm das Geld ein. Er zog die
beiden Banknoten aus der Gesäßtasche und drückte sie dem Mädchen in die
Hand.

»Schönen Dank auch. War das Ihr eigenes Geld?« fragte er heiser vor Ärger und Bedauern.

»Ja«, gestand sie. »Es war mein Monatslohn.«

»Alles Geld haben Sie hingelegt für mich ... Den ganzen Lohn?« fragte er
mit offenem Mund.

»Ja, bis auf zwanzig Dollar.«

Sie errötete unter seinem verständnislosen Blick. »Das Wagnis war gar
nicht so groß.« Sie blickte ihn fest an, ein leises, zartes Lächeln spielte um
ihre Mundwinkel. »Ich wußte, daß Sie mir das Geld wiedergeben würden.
Ich war ganz sicher ...«

Er wußte nicht, was ihn trieb, aber er mußte plötzlich sprechen: »Hören
Sie! Das dürfen Sie nie wieder tun! Das ist heller Wahnsinn! Wie können
Sie Ihren Monatslohn für einen Fremden hingeben! Himmel, in welcher
Welt leben Sie denn!«

Sie sah Chang einen Augenblick fragend an, das leise Lächeln noch immer
auf den Lippen.

»Aber Sie haben mir das Geld doch zurückgegeben! Sie sind ja wiederge-
kommen«, erklärte sie mit einem stillen, rätselhaften Anflug von Humor.

»Also kann der Wahnsinn nicht gar so groß gewesen sein.«

»Trotzdem!« beharrte er mürrisch, hilflos im Netz ihrer Logik gefangen.
»Trotzdem dürfen Sie so etwas nie mehr machen.«

Der Musikautomat hatte wieder zu spielen begonnen. Eine sanfte, unendlich zarte Frauenstimme sang ein altes Mandarinlied. Das Mädchen saß mit gesenktem Kopf neben ihm und summte die Worte mit — leise, tonlos, traumverloren.

»Also, das dürfen Sie nie mehr machen!« Er faßte sie plötzlich am Arm, zog sie an sich und sah ihr in die Augen. »Hören Sie? Das müssen Sie mir versprechen!«

»Also bitte«, antwortete sie, »wenn Sie's unbedingt hören wollen.« Mit einer schnellen, entschlossenen Bewegung setzte sie die Teetasse nieder und sprang auf die Beine. »Ich bin nicht so naiv, wie Sie vielleicht glauben, auch nicht so dumm. Ich hab' so was noch nie gemacht, und ich tu's möglicherweise auch nicht wieder . . . Das kann schon sein . . . Aber manchmal frage ich mich doch, warum sollte das Gute nicht ebenso ansteckend sein wie das Böse. Wir geben ihm nur zu selten eine Chance.«

»Weiß nicht«, sagte er mürrisch. »Hab' noch nie darüber nachgedacht . . .«
Er zögerte, sein Blick fiel auf die in Seide gewickelte Göttin neben der Tasse. Alles, was er sagen wollte, fand plötzlich Ausdruck in einer Geste. Er nahm das Päckchen und drückte es ihr in die Hand. Sie versuchte nicht, das Geschenk zurückzuweisen.

»Gute Nacht«, sagte sie. »Ich muß jetzt gehen, und furchtbar vielen Dank. Wir sehen uns wieder, hoffe ich . . . Und denken Sie einmal darüber nach, bitte!« fügte sie so leise hinzu, daß er sie kaum verstehen konnte. Ehe er zu sprechen vermochte, küßte sie ihn und war gegangen, und das geschah so leicht und schnell, daß er sich der letzten Sekunde erst bewußt wurde, als sie schon die Tür hinter sich geschlossen hatte. Und eine Zeitlang stand er da wie ein Betäubter in der Menge und starrte hinaus in das graue, feuchte Licht Hongkongs.

Johannisparty

Andrea kommt endlich in das Alter, in dem sie mehr Spaß haben könnte an der alljährlichen Johannisparty. Das ist immer Anfang Juni, nach einem schönen warmen Tag an einem klaren Abend. Hubers Johannisparty läßt sich nur im Garten feiern. Die Älteren bleiben größtenteils auf der Terrasse unter den bunten Lampions. Alle Türen ins Haus stehen offen. Söhne und Töchter, Schüler, Lehrlinge, Studenten tanzen entweder drinnen auf den Fliesen der Diele oder grillen und braten sich Leckerbissen draußen auf dem Rasen. Manche spazieren durch den Garten, bleiben minutenlang verschwunden, wenn es dunkel wird.

Mit Hubers Johannisparty wird in der Hangsiedlung der Sommeranfang gefeiert. Der findet für Hubers zwischen Ende Mai und Ende Juni statt. Eigentlich bedeutet er noch mehr: Saisonbeginn. Das liegt an der gebirgigen Ferienlandschaft, in der Hubers leben. Wie die meisten geladenen Nachbarn führen Hubers jeden Sommer lang ihr Haus als Fremdenpension. Die Frauen jedenfalls. Die Männer gehen ihren üblichen Berufen nach: Finanzbeamter, Maler, Holzschnitzer, Ingenieur, Forstbeamter, Hotelangestellter, Taxi-Unternehmer, Kaufmann, Zahnarzt, Sportgeschäftsinhaber, Brauereiangestellter. Die Saisonarbeit der Frauen erst macht die schönen großen Häuser möglich.

Andrea Huber allerdings hat den Saisonrummel ziemlich satt. Wochenlang fremde Leute im Haus. Mutter wochenlang gehetzt, überarbeitet. Die Familie zieht zusammen. Es muß Platz geschaffen werden für die Sommergäste. Wochenlang treten sich alle Hubers auf zu engem Raum die Nerven kaputt: Vater, Mutter, der große Bruder Manfred, Andrea und Margret, die Jüngste. Die Johannisparty: ja. Aber was danach kommt?

Andrea haßt, was danach kommt. Es jagt die größeren Kinder aus den schönen großen Elternhäusern. Besonders Manfred vertreibt es. Und wohin?

Die bunten Beleuchtungskörper auf der Terrasse und in vereinzelten Bäumen hat Manfred mit Vaters Hilfe angebracht. Bisher haben sie sich jedes Jahr neue Dekorationen einfallen lassen. Diesmal ist Manfred nicht richtig bei der Sache. »Warum bist du so schweigsam?« fragt der Vater.

»Wahrscheinlich ist Föhn«, antwortet Manfred. Auf den Föhn kann man alles schieben, weil eigentlich keiner genau weiß: ist nun Föhn oder nicht? Herr Huber weiß allerdings genau, daß niemals so viel Föhn sein kann, wie die Kinder und alle Welt behaupten, wenn man Ausreden braucht. Höchstens zwei bis sechs Tage im Jahr herrscht wirklich Föhn, schätzt er. Er hat einmal mit einem Meteorologen darüber gesprochen. Manfreds Antwort scheint die Saison-Gereiztheit der Familie einzuleiten. Dabei möchten sie an diesem letzten freien Abend noch einmal zusammen fröhlich sein. Die ersten Feriengäste werden vielleicht ab übermorgen anrollen. Wochenlang wird man kaum dazu kommen, mit den Nachbarn zu plaudern. Dieser Abend muß doch genutzt werden!

»Hast du Kummer in der Schule, Manfred? Du wirst doch nicht etwa so kurz vorm Abschluß noch einmal sitzenbleiben?«

Wie Manfred darauf lacht, das klingt böse und seine Antwort leider nicht wie ein Scherz: »Keine Angst. Ich will ja nicht als Familienvater noch die Schulbank drücken.«

Manfred hat sehr genau darauf geachtet, ob sein Vater darüber lachen würde. Der Vater hat nicht gelacht. Manfred weiß nicht: soll er erleichtert und ermutigt oder erschrocken und gewarnt sein? Sie haben eine ganze Weile völlig stumm weitergearbeitet, als hingen beider Gedanken Manfreds letztem Satz nach. Es wäre vielleicht endlich eine Gelegenheit gewesen, offen miteinander zu reden.

82

Aber ich sollte ihnen wenigstens ihre Johannisparty nicht noch verderben, denkt Manfred. Und an die vorjährige Johannisparty, auf der er Anette kennengelernt hat. Für Manfred ist es die wunderbarste Johannisparty seines gerade achtzehnjährigen Lebens gewesen. Er weiß genau, daß so wunderbar keine mehr für ihn werden kann. Zuviel ist inzwischen passiert.

»Kind«, sagt die Mutter zu ihm, »hilf mir dann bitte noch, genug Stühle aufzustellen.«

»Kind« sagt sie, nimmt einfach nicht zur Kenntnis, was er längst ist: ein Mann.

Für die Mutter bedeutet die Johannisparty eigentlich nichts als Arbeit, obwohl alle mithelfen. Hinterher jedoch ist sie jedesmal glücklich, richtig glücklich, weil das Fest bisher tatsächlich immer sehr gelungen gewesen ist. Und die Party hat nicht nur in ihren Augen einen doppelten, mitmenschlichen Sinn, wie sie es nennt. Man muß mit den Nachbarn gar nicht regelrecht befreundet sein. Es genügen gleichartige Pflichten und Interessen. Das ist auch den Gästen klar.

»Wir haben nun mal das größte Haus, den meisten Platz, die günstigste Lage«, rechtfertigt Frau Huber ihre Einladung. Ihr zweites Argument sind die ausländischen Au-pair-Girls. Jedes Jahr kommen sie aus allen möglichen Ländern, nutzen ihre Ferien, um Deutsch zu lernen, Land und Leute zu erleben, in den Pensionen ein wenig Geld zu verdienen. Auf Hubers Johannisparty lernt man sich gegenseitig kennen. Hier beginnen Verständigung, Freundschaften, Verliebtheiten, Sympathien. Es kommt vor, daß manche später dableiben, wie Anette, die im Kreiskrankenhaus weiterarbeitet. Anette aus Frankreich. Frau Huber weiß längst, wer Anette im Lande gehalten hat, und sie ahnt — oder nein: sie fürchtet, was Anette jetzt erst recht hier hält. Wissen jedoch will sie es nicht, nicht ausgerechnet zur Johannisparty. Es ist nicht Gedankenlosigkeit, daß sie Manfred »Kind« genannt hat.

Wunschdenken. Das begreift womöglich sogar die dreizehnjährige Margret.

Dieses Jahr muß Margret den Diskjockey für die Tanzlustigen spielen. Die Rolle reizt Margret nicht so sehr wie früher ihre Geschwister, und sie hat alles so vorbereitet, daß es ihr nicht viel Arbeit machen kann. Sie hat auf Tonbänder aufgenommen, was sie in den letzten Wochen an Tanzmusik aus dem Radio beim Lesen und bei Hausaufgaben begleitet hat. Jede Bandspur läuft ungefähr fünfzig Minuten. Vier Spuren voll Musik. Das muß reichen und braucht kaum Bedienung. Margret liebt es, unauffällig Getränke und Backwerk, Nüsse, Gegrilltes, Sandwiches zu servieren und zuzuhören, bis in die Nacht hinein zu lauschen und zu horchen. Aus den aufgeschnappten Gesprächsfetzen läßt sich später unglaublich viel zusammenreimen. Nächtelang kann sie dann später mit Andrea darüber debattieren. Andrea könnte wahrhaftig endlich mehr Spaß haben an der Johannisparty. Mit fünfzehn! Aber ihr wird schlecht, wenn sie daran denkt, was Manfred und Anette passiert ist. Keiner hat es ihr gesagt. Sie ist von alleine darauf gekommen. Sie ist wachsam gewesen seit der Party im letzten Jahr, seit Manfred viel zu lange im Garten verschwand. Mit Anette. Andrea fängt an zu schwitzen, wenn sie sich ausmalt, daß auch Anette zur Johannisparty geladen wurde und kommen könnte. Wird sie es wagen? Mutter würde bestimmt sofort erkennen, was mit Anette los ist. Genauso die anderen Mütter. Die womöglich noch eher. Andrea meint ohnehin schon, alle Welt über Manfred und Anette tuscheln zu hören. Sie ist entschlossen, den beiden zu helfen. Sie weiß nicht, wie, aber jedenfalls ist das ihre Einstellung. Trotz ihrer Angst, was diese Geschichte alles anrichten wird.

Im Oktober müßte es soweit sein, vermutet sie und denkt: Lieber Himmel, laß es doch schon Weihnachten sein und nicht erst Johannisparty, ich halte das bis Oktober nicht mehr aus!

Nicht zum estenmal wird ein Au-pair-Girl von Eltern hergebracht, die eine eigene Ferienreise damit verbinden oder starten. Auf Hubers Johannisparty geht es deswegen meistens mehrsprachig zu. Diesmal ist es ein Vater, der seine sechzehnjährige Tochter begleitet; doch um Deutsch sprechen zu lernen, ist sie nicht aus Kanada hergekommen. Sie und ihr Vater sprechen so gut deutsch wie die Einheimischen.

»Besser sogar«, behauptet Herr Braun oder Mister Brown, »viel besser als englisch und französisch, das wir in Kanada brauchen. Jedenfalls was mich betrifft.«

Seine Tochter ist ja in Kanada aufgewachsen, nachdem er dorthin auswandern konnte.

»Kanadier hatten wir noch nie auf unserer Johannisparty«, stellt Mutter Huber fest und übersieht in ihrer begeisterten Aufmerksamkeit für die Brauns oder Browns, daß tatsächlich auch Anette kommt. Allerdings fängt Manfred sie geradezu ab und bugsiert sie sofort in den Garten vor den Grillrost.

Andrea betet zum Himmel, daß es schneller dunkel werden möge. Statt den Brauns oder Browns zuzulächeln, zuzuwinken, denen sie von ihrem Vater vorgestellt wird, schlägt sie gedankenverloren die Hände ineinander und blickt flehend zum Himmel. Als ihr Blick zurückkehrt, landet er in Herrn Brauns oder Browns wachsamen dunklen Augen.

Andrea versucht abzulenken, stellt Margret vor. »Unsere Kleine.« Auch die ist nicht richtig bei der Sache. Sie hat Anette kommen sehen. Anette in einem plissierten Hängerchen, ein raffiniertes Kleid, das noch wochenlang verbergen kann, was es schon heute verbergen will. Margret weiß doch genau, wie Anette sich kleidete, seit sie herkam: strammsitzende lange Hosen, hautenge Pullis. Und jetzt ein so schmetterlingsweites Flatterkleid? Margret bringt den Brauns oder Browns Getränke, aber ihre Augen suchen jetzt fragend Andrea. Sie merkt nicht, daß ihren Blicken andere folgen, wachsame, dunkle, erfahrene.

Andrea sieht aus, als wäre ihr übel oder zu heiß. Ihre Augen richten sich von Anette zur eigenen Mutter und wieder zu Anette und zu den anderen Müttern. Und Margret kapiert, was los ist, ohne daß ein Wort über Manfred und Anette gefallen ist. Andreas Angst kommt der Jüngeren dunkel vor wie jetzt die Büsche im Garten, finstere, dicke, verschattete Schnecken-labyrinthe. Die Angst springt über wie eine ansteckende und sofort aus-brechende Krankheit.

Margret hat auf dieser Johannisparty viel erlauschen wollen, mitkriegen, erfahren, aufschnappen, kombinieren, zu Ohren bekommen, sich zusam-menreimen.

Aber um Himmels willen doch nicht so etwas!

Sie schüttet etwas von dem Wein daneben, als Herr Braun oder Brown ihr sein Glas hinhält.

»Paß doch auf, Margret!« tuschelt ihre Mutter. Der Vater nimmt Margret die Flasche ab, sagt: »So was ist ja auch Kavaliersdienst«, schenkt ein und bietet seinen Wein den nächsten Gästen an. Einige stehen stumm herum, blicken zum Rasen, zu der Gruppe Jugendlicher am Feuer und lächeln auf die Art wie mit Jalousien vor den Pupillen.

Margret schwitzt plötzlich auch, sie weiß nicht, woher. Sie begreift, daß die meisten Nachbarn Bescheid wissen. Und die Jungen erst recht, die wissen es alle. Man muß nur zusehen, wie sie Anette behandeln, alle in Angst um sie. Alle in Angst überhaupt. Als hätte es in ihrem Rudel eine Panne ge-geben, über die um keinen Preis geredet wird, deren Risse und Sprünge und Beulen verdeckt, abgeschirmt, verborgen werden müssen.

»Ist es dein Bruder?« fragt Herr Braun oder Brown und kippt sein Wein-glas leicht in Richtung Manfred. Margret nickt kurz und sagt: »Ich muß mich um die Tanzmusik kümmern, obwohl vielleicht . . .«

»Obwohl vielleicht was?« fragt er, und sie antwortet: »Vielleicht mögen manche auch gar nicht tanzen?«

Er nickt wieder. Die Älteren unterhalten sich längst. Einige sind sogar bereits beim Thema Schule oder Krieg angelangt. Dabei sind die ersten Sterne noch zu zählen, so jung ist der Abend, so blaß der Himmel. Nur der Garten mit seinen dunkelgrünen Hecken und Bäumen und Büschen ist schon finster.

Die Mutter bittet Andrea, nun an der Vorderseite des Hauses Türen und Fenster zu schließen. »Es beruhigt mich. Wir können nicht alle Seiten bewachen, und gleich über die Grenze treiben sich doch diese Verbrecher herum.«

»Meinen Sie den Wiener Mörder?« fragt jemand.

»Er schießt ja einfach auf die Leute«, sagt die Mutter. Der Vater legt seinen Arm um ihre Schulter und ruft lachend: »Warum so ängstlich? Sie sieht zu gern Gespenster. Prost alle!«

Aber jetzt hören sie nicht mehr auf, von den jüngsten Sensationsnachrichten zu reden.

»Vier Polizeibeamte hat er niedergeschossen, um zu flüchten.«

»Sie wollten ihn verhören, weil er seinen Freund in die Luft gesprengt hatte!«

»Er soll heute ein Ehepaar erschossen haben.«

»In Österreich läuft eine riesige Fahndung!«

»Und die Grenze ist nur acht Kilometer weit weg.«

»Er ist ein Waffennarr, schießt wie ein Scharfschütze!«

»Und wir? Sitzen hier im Licht, ideale Schießscheiben . . .«

»Soll es diesmal eine Gruselparty werden?« fragt Manfred, der neugierig mit den anderen vom Rasen herkommt zur Terrasse.

Anette dicht hinter ihm. Sie halten sich an den Händen. Die Mutter starrt auf die beiden ineinandergefalteten Hände. Ihr Blick tastet sich weiter auf Anette, bleibt an dem plissierten Kleid hängen. Und jetzt wandern plötzlich mehrere Blicke hin und her, diesmal zwischen Mutter und Anette.

Manfreds Frage bleibt unbeantwortet. Niemand redet in diesem Augenblick. Dann seufzt die Mutter, daß alle es hören: »O Gott, nein . . . Ich habe Angst . . .«

Merkwürdig, keiner sagt dazu etwas von dem Wiener Mörder. Also wissen sie, welche Angst die Mutter befällt. Und sie schweigen. Eine unerträgliche Ewigkeit.

»Angst?« sagt endlich Herr Braun oder Brown, »versündigen Sie sich nicht an Ihren Nerven oder gar an Ihrer Seele. Lassen Sie mich von einer Angst erzählen, die ohne jedes Körnchen Feigheit war. Aber doch zu Recht Angst! Sie waren vorhin ja schon bei Geschichten aus dem Krieg. Ich habe auch eine Geschichte aus einem Krieg.«

»Doch nicht in Kanada?«

Herr Braun oder Brown schüttelt den Kopf: »Möglich wäre es unter jeder Tyrannei. Ich habe es selbst erlebt, als Siebzehnjähriger, mit meiner damals vierzehnjährigen Schwester Ruth. Es war fast ein Abend wie dieser, als unser Vater uns befahl, ihn bei Einbruch der Dunkelheit so heimlich zu verlassen, wie Verfolgte flüchten müssen. Hals über Kopf. Kein anderes

Ziel als die nächste Grenze — und unsere damals war so nahe wie hier die österreichische. Mein Vater war der Verfolgte und wollte, daß wir uns retteten. Mit ihm, das war ihm zu riskant. Ihm war man womöglich längst auf der Spur. Wir verließen das Haus ohne Gepäck, wie zu einem Spaziergang, etwa um diese Stunde. Die Grenze konnten wir in wenigen Stunden zu Fuß erreichen. Durch Wälder voller Unterholz und Büsche. Ich führte Ruth an der Hand. Natürlich mußten wir im Grenzbereich mit Militär rechnen. Wir waren nicht die einzigen, die damals flohen. Und wir hatten auch seit Tagen und Nächten damit gerechnet, hatten kaum noch schlafen können.

Also waren wir müde, als unsere letzte Fluchtstrecke begann, und zugleich hellwach. Dieser überreizte Zustand, Mischung aus tödlicher Erschöpfung und lebhaftester Phantasie. Wir rannten der Waldkette entgegen, durch die die Grenze verlief, kannten unseren Weg, hatten alles hundertmal in Gedanken, auf Karten, sogar in halber Wirklichkeit geprobt und durchgespielt. Es kam darauf an, daß wir es schafften, solange es dunkel war. Ruths schmale Hand in meiner riß mich plötzlich zurück. Ohne unsere Schritte war es grauenhaft still. Nur noch unser Keuchen und Ruths gehetztes Wort: ›Soldaten!‹ Ich starrte in den Wald vor uns und sah es auch — da und da und da und da! Da gingen sie, Patrouillen, sehr locker formiert, weit verteilt, Männer, die sich langweilten, die so sicher waren, keinen durchzulassen, daß sie unbedenklich dabei rauchten. Nur das Glimmen ihrer Zigaretten sahen wir. Ich riß Ruth mit mir auf den Erdboden. Wir fielen auf Gras, und es war taufeucht, wie jetzt dort auf dem Rasen. Es würde nun länger dauern, erklärte ich Ruth, aber wir müßten es wagen, wir hätten keine Wahl. ›Weißt du?‹ flüsterte sie, ›was sie mit Frauen und Mädchen machen? Alle? Einer nach dem andern‹. So viele gelangweilt rauchende Posten im Wald. Eine warme schwüle Nacht ringsherum. Wenn ihnen ein Mädchen in die Hände fallen würde, das war bekannt, und mochte es auch noch fast ein Kind sein ... O ja, ich wußte, wieviel mehr

Ruth drohte als mir. Und trotzdem haben wir es gewagt. Wir robbten durch das Unterholz, stundenlang. Meter und Meter.«

»Und?« fragt Margret. »Und? Ist Ruth denen in die Hände gefallen?«

»Moment noch«, sagt Herr Brown oder Braun, »ich wollte wirklich, jeder von Ihnen könnte sich die Angst dieser Vierzehnjährigen vorstellen . . .«

Da alle schwiegen, fuhr er schließlich fort: »Unbehelligt gelangten Ruth und ich über die Grenze und nach Mitternacht in eine Scheune, in der sich noch andere einfanden, denen die Flucht ebenfalls gelungen war.«

»Auch Ihr Vater? Und Ihre Mutter?« fragte Anette.

»Unsere Mutter lebte nicht mehr. Unser Vater ist damals nicht entkommen. Ruth brach auf eine vermutlich typische Art zusammen. Sie fiel in der Scheune auf das Stroh. Sie fror trotz der Schwüle. Übel war ihr. Dann sackte sie weg wie in Schlaf oder Bewußtlosigkeit. Und schon in dieser Nacht fing es an, daß sie schreiend aus dem Schlaf hochfuhr, sich wie eine Blinde gegen geträumte Grenzposten wehrte, daß ihr Schlaf sich wieder und wieder in Marter und Tortur verwandelte. Bis heute ist die Angst von damals in ihren Nächten. Sie ist längst Mutter von zwei halberwachsenen Kindern, und wie oft sagt ihr Mann: Du siehst Gespenster, Ruth. Und er hat nicht einmal so Unrecht. Oft nämlich liegt es nur an unserer Phantasie, ob eine Sache es wert ist, daß wir ihretwegen Angst haben.«

Herr Braun oder Brown hat seine Arme um Manfreds und Anettes Schultern gelegt, wie zufällig, einfach so beim Reden.

»Sie sind so nette Nachbarn«, fährt er fort, »Sie verstehen miteinander zu leben. Geben Sie der Angst in diesem Kreise keine Chance. Angst vor dem Tod — verständlich. Aber Angst vor Leben? Machen Sie nicht den Fehler, den Ruth machte und ich mit ihr.«

»Das mit der Nachbarschaft verstehen wir schon«, sagt jemand neben Vater und Mutter Huber, »keine Sorge deswegen. Wir können nicht bloß miteinander feiern. Aber was soll jetzt das bedeuten: Ruths Fehler? Es ist doch klar, wie furchtbar die Angst dieses Kindes gewesen sein muß.«

»Und trotzdem«, sagt Herr Braun oder Brown, deutet mit einer unerwarteten Drehung und ausgestrecktem Arm in den inzwischen ganz und gar finsteren Garten und ruft: »Da! Und da! Und da am Zaun! In den Büschen! Ist da nicht wer?«

»Der Wiener Mörder!« schreit eine. Andere springen auf.

»Glimmstengel?« ruft Manfred mit hörbarem Fragezeichen.

Jeder, tatsächlich jeder fällt zumindest für Sekunden darauf herein, die durch Büsche und Hecken glimmenden Punkte für eine Gefahr zu halten. Bis sie merken, daß die winzigen Glühtupfen grünlich schimmern. Daß sie sich bewegen, durch die Luft geistern, am Boden leuchten.

»Glühwürmchen«, sagt Herr Braun oder Brown, »Johanniswürmchen hier, Leuchtkäfer dort. Harmlose kleine Lebewesen. Unfähig, uns irgend etwas zu tun. Nichts anderes war es damals im Wald an der Grenze, was Ruth sah und für Wachtposten hielt. Aus Angst vor Leuchtkäfern robbten wir stundenlang auf Ellbogen, Knien und Bauch durch den Wald. Unsere von Angst aufgepeitschte Phantasie hatte uns diesen Streich gespielt, hatte uns so blind und dumm gemacht. Und bis heute sitzen Reste dieser Angst in Ruth. Das hat ihr so viele Nächte zur Qual gemacht, die heiter hätten sein können — schön wie diese Johannisparty unter guten Nachbarn.«

Herr Braun oder Brown hebt sein Glas zum Dank an die Gastgeber. Wer eines greifen kann, macht es ihm nach, und plötzlich plaudern wieder alle — über Krieg und Mörder, Sommernächte und Ferientage, über Leben und Tod, über Österreich, Kanada, Glühwürmchen, Kinder.

»Wir zwei reden noch miteinander«, hört Andrea ihren Vater leise zu Manfred sagen. Manfred antwortet ebenso leise: »Endlich, Papa!«

Die Mutter blickt zu Anette hinüber und Anette zu ihr, dann schauen beide weg, als wüßten sie für heute nicht weiter.

»Aber jetzt werde ich mich doch noch um die Tanzmusik kümmern«, sagt Margret zu Herrn Braun oder Brown. »Ich habe vier Bandspuren voll, jede ungefähr fünfzig Minuten lang.«

»Das reicht mir gerade«, beteuert Herr Braun oder Brown, »um jede Dame herumzuschwenken, auch die jüngste.«

»Es ist viel Walzer dabei«, erklärt Margret, »die älteren mögen eben immer lieber Walzer. Und später auch noch Polka. Das ist Stimmungssache, wissen Sie?«

Er nickt. Sie drückt eine Taste und läßt das Band anlaufen. »Mit welcher versuche ich es denn zuerst?« fragt Herr Braun oder Brown. Ein paar Takte lang läßt Margret wieder einmal ihre Blicke schweifen, bis sie Andrea entdeckt.

»Meine ältere Schwester«, schlägt Margret vor, »die könnte wahrhaftig endlich mehr Spaß an der Johannisparty haben. Mit fünfzehn! Finden Sie nicht? Allerdings wird ihr beim Walzer leicht schlecht. Warten Sie mit ihr auf einen Schlurfer. Bis dahin bin ich ja auch noch da.« Sie legt ihre Hand auf seine Schulter.

Im Vorübertanzen hören sie Gesprächsfetzen:

»Die leuchten gar nicht selber . . .«

»Parasiten besorgen das . . .«

»Irgendwie hängt es mit der richtigen Sauerstoffzufuhr zusammen . . .«

»Über alle Erdteile verbreitet . . .«

Margret lächelt zu ihrem großen Tänzer hinauf, senkt geheimnisvoll ihre Stimme und kombiniert: »Jetzt reden sie über Raumfahrer, Herr Braun!«

»Irrtum, liebe Margret. Sie plaudern über Glühwürmchen.«

KATHERINE ALLFREY

Der Katzensprung

Judy saß auf der obersten Verandastufe, hinter sich das leere, verschlossene Haus, um sich herum alles, was im Auto mitgenommen werden mußte: zwei Koffer, eine Reisetasche, mehrere Kartons, so vollgestopft, daß sie zu bersten drohten. Und eine Heukiste, in der eine Skye-Terrierhündin mit drei noch blinden Jungen lag.

Sie zogen wieder einmal um. Wievielmal eigentlich schon, seit sie nach Neuseeland gekommen waren? Aber dieser Umzug, Jumbo hatte es geschworen, würde der letzte sein. Nach Coromandel — es klang romantisch, und Jumbos neue Tätigkeit schien aussichtsreich. Vielleicht hatte er nun wirklich etwas gefunden, das ihm zusagte. Die Mutter glaubte es jedenfalls. Sie war mit Judys jüngerer Schwester vorausgefahren, um das Haus dort oben einzurichten und alles für den neuen Anfang vorzubereiten. Judy hatte seitdem hier auch das Letzte ausgeräumt und das alte Haus gründlich gesäubert. Sie würde mit Jumbo, der Hündin Bridget — liebevoll Biddy gerufen — und den Hühnern in der »alten Dame« nach Coromandel reisen. Die Arbeit war getan. Alles war blank, von den rissigen Dielen bis zu den deckenhohen Schiebefenstern. Und nun saß Judy schon seit einer Stunde da und wartete auf Jumbo, ihren Vater.

Jumbo war zur Garage gefahren, um die bestellten und dringend benötigten Reifen abzuholen — die »alte Dame« lief sozusagen schon auf dem Oberleder, was ihre Reifen betrafen —, und er kam und kam nicht wieder. Um eins hätten sie abfahren sollen, es war halb drei geworden, bis sie alles fertig hatten, und jetzt war es nach halb vier.

Judy lehnte den Kopf an das Verandageländer und schloß die Augen. Sie war sehr müde nach all dem Putzen und Packen und Laufen und Besorgen. Sonderbar, sonst war sie nicht so schnell kleinzukriegen. Sie hatte sich sehr darauf gefreut, mit Jumbo zu fahren, im offenen Wagen. Es sollte eine schöne Fahrt sein, landschaftlich, und mit Jumbo zu fahren, machte immer viel Spaß. Außerdem liebte sie die »alte Dame« ebenso zärtlich wie er; wie sie alle, Biddy mit einbegriffen.

Jetzt freute sie sich gar nicht mehr. Sie war zu müde, und ihr Kopf war schwer. Dieses Kratzen im Hals — sicher kam es von all dem Staub, den sie in den letzten Tagen geschluckt hatte.

Biddy kläffte kurz und scharf, und Judy schrak auf. Jumbo war zurück. Mit dem Auto und einem bei ihm ungewohnt langen Gesicht.

»Keine Reifen«, sagte er. »Es sind keine gekommen. Ich habe überall angerufen, aber nichts zu hoffen. Darum hat es so lange gedauert, Judy — tut mir leid.«

»Aber Jumbo«, rief Judy bestürzt, »was nun?«

»Wir fahren mit den alten, natürlich«, gab er zurück. »Komm, hilf mir beim Aufladen.«

»Halten sie das aus?« zweifelte Judy, während sie Koffer und Kästen im Wagen verstauten.

»Glaub' ich kaum«, erwiderte ihr Vater düster. »Aber in Waihi soll eine Werkstatt sein, die mit Reifen aller Art handelt. Einen ganzen Hof voll gäb' es da, hat mir jemand gesagt; dort könnten wir Glück haben.«

In der Einfahrt stand ein Anhänger, hochbeladen mit dem großen Hühnerkäfig, mit Wannen und Eimern voll von Mutters geliebten Stauden und Ablegern, mit dem Gartengerät und mit einem großen Ölgemälde, von dem Jumbo sich zuletzt doch nicht hatte trennen können. Er hatte es bei einer Versteigerung für zehn Schilling gekauft und behauptete hartnäckig, es sei ein Alter Meister und sicherlich Hunderttausende wert. Die Mutter würde sich nicht freuen, es wiederzusehen, aber mit mußte es.

Anhänger angekuppelt, Biddy und Kinderstube hinter Judys Sitz untergebracht, und es konnte losgehen. Jumbo betrachtete noch einmal seine abgewetzten Reifen, schüttelte kummervoll den Kopf und klemmte sich hinter das Steuerrad. Sie rollten aus der kleinen Stadt, auf breiter, glatter Straße. Wenn diese auch bald rauher wurde, bis Waihi ging alles gut.

Judy setzte sich bequemer, froh und dankbar, daß sie nun nur noch still zu sitzen hatte.

»In Ordnung, Biddy?« rief sie der kleinen Hündin hinter sich zu. Sie hörte, wie Biddys Schwanz leicht an die Kistenwand schlug. Die Kleinen schmatzten, Biddy leckte sie sorgsam: alles sehr friedlich. Bis Waihi.

Der Mechaniker pfiff leise, als er die »alte Dame« sah und hörte, was Jumbo bei ihm suchte. Er ging rund um das Auto herum.

»Lagonda, eh?« bemerkte er. »Das ist 'ne Schönheit! Aber Reifen für sowas? Gibt's kaum noch.« Er war ganz sicher, daß er selbst keine auf Lager hatte, aber er gab Jumbo eine Adresse in Auckland: »Die Firma rufen Sie an, und wenn es die Reifen gibt, lassen Sie sie mit dem Frühzug nach Paeroa schicken. Sie übernachten dort und holen sie morgen um zehn Uhr am Bahnhof ab. Dann kommen Sie immer noch rechtzeitig in Coromandel an.«

»Ist ja nur ein Katzensprung«, stimmte Jumbo zu.

»Aber ohne anständige Reifen . . .« warnte der Mann. »Was ich von den Straßen da oben weiß . . .«

»Kann ich gleich hier von Ihnen aus anrufen?« fragte Jumbo.

Er konnte, und er verschwand mit dem Mann in dessen Büro. Judy drehte sich um und streichelte Biddys rauhen Kopf. »Dies kann länglich werden, Biddy«, sagte sie halblaut.

Biddy gähnte.

Aber: fort von dem freundlichen Mechaniker, fort von Waihi in erfreulich kurzer Zeit. Jumbo war voller Optimismus. Die Leute in Auckland hatten ihm Hoffnung auf mindestens zwei Reifen gemacht, nicht neu, aber in gu tem Zustand. Mit diesen ausgestattet, durfte die »alte Dame« sich getrost auf die Straßen der Coromandel-Halbinsel wagen. Viel schlechter konnten sie nicht sein als diese, auf der sie jetzt fuhren.

Die Strecke lief durch ein langes, enges Tal, rauhes Weideland rechts, Hügel struppig von Farn links. Vorne engte sich das Tal zur Schlucht, aber ehe sie diese Schlucht erreichten, fing hinter ihnen ein gefährliches Hoppeln an. Jumbo stieg aus und besah sich den Schaden.

»Reifenpanne«, stellte er fest, »aber lach nicht, Judy — der Anhänger hat sie«. Er überlegte. »Weißt du was? Der Mann in Waihi hat solche Reifen. Es ist nicht weit, ich gehe zu Fuß zurück und hole einen neuen. Der alte ist das Flicken nicht wert. Du bleibst hier bei Biddy und den Hühnern und paßt auf alles auf.«

Judy nickte. »Wie lange wird's dauern?« fragte sie.

»Eine Stunde, höchstens anderthalb«.

Judy nickte noch einmal. Sie half das Verdeck hochziehen und festknöpfen, wartete, bis ihr Vater seinen Weg angetreten hatte, und stieg wieder ein. Auf mindestens zwei Stunden Wartezeit konnte sie rechnen.

»Nichts zu machen, Biddy«, sagte sie. Biddy seufzte.

Es wurde schnell dunkel, und in der Dunkelheit sprang ein Sturm auf, plötzlich und unerwartet — und heftig, wie Neuseelandstürme sind. Er raste durch das Tal wie ein Schnellzug, die »alte Dame« mit ihrem Anhänger stand ihm gerade im Weg. Der Schnellzug sprang über sie hinweg und entbrauste, aber schon wieder brüllte einer heran, sprang über sie weg und entbrauste. Und wieder einer, wieder . . .

Was tat sie denn auf dem Bahnhof? Judy schreckte hoch. Sie war wohl eingeschlafen. Schnellzüge! Aber genauso klang es. Was für ein Sturm! Und dieses einsame Tal. Ihr schauderte. Schnell entschlossen langte sie hinter sich, holte zuerst Biddys Junge und dann Biddy selber herüber und sammelte alle vier auf ihrem Schoß. So, das warme Häufchen Leben dicht an sich gedrückt, schlief sie wieder ein.

Jumbos Taschenlampe weckte sie. Und sein Ruf: »Judy? Das ist schnell gegangen, nicht wahr? Charlie hat mich mit seinem Lieferwagen zurückgebracht. Wir können gleich weiterfahren.«

Charlie. Wer war Charlie? Ach, der Mechaniker. Das war nett von ihm, sehr nett. Sie beförderte Biddy und Familie wieder in ihr Heubett, öffnete den Wagenschlag und stieg aus. Im Schein der Lieferwagenlampen waren die beiden Männer dabei, die Anhängerreifen zu wechseln. Hinter ihnen — und Judys Augen mußten sich erst an die Finsternis gewöhnen — ragten ungeschlachte Gerüste und, niedriger, ein Schuppendach oder zwei.

»Was ist denn das?« fragte sie.

»Altes Goldwerk«, erklärte Charlie. »Von hier bis Coromandel war einmal alles Goldgräbergegend.

»Wirklich«, staunte Judy.

»Ist aber längst vorbei«, fuhr Charlie fort. »Na, der Anhänger ist jetzt in Ordnung. Gute Fahrt!« Damit stieg er in seinen Wagen, wendete mit großem Geschick und war bald verschwunden.

»So ein guter Kerl«, bemerkte Jumbo. »Jetzt nach Paeroa, Judy, und in das nächste Hotel. Müde?«

»Todmüde«, gab Judy zu. Ihr war sonderbar, so heiß und schwer die Augen, der ganze Kopf. Dazu ein trockener Husten, der schmerzte. Der hatte gerade noch gefehlt.

Am andern Morgen, als sie in ihrem Hotelzimmer aufwachte, war ihr um nichts besser. Sie wäre gern im Bett geblieben, aber sie mußte aufstehen, sie mußte sich um Biddy und die Hühner kümmern. Ein Zimmermädchen erschien mit einer Tasse Tee und bestellte, ihr Vater erwarte sie um acht Uhr zum Frühstück.

Sie trank den Tee. Er tat ihr gut, und sie stand auf. Es schien ungeheuer schwer, in die Kleider zu kommen. Mehrmals ertappte sie sich, auf dem Bettrand sitzend, einen Strumpf, ihren Kamm in der Hand, untätig, abwesend. Als wüßte sie nicht, was sie mit den Dingen sollte.

Endlich war sie doch fertig, ging nach unten und fand Jumbo im Speisesaal. Vor ihm ein Teller — nein, eine Platte mit drei Spiegeleiern, drei dicken, gebratenen Schinkenscheiben, einem Hügel goldgelber Chips, das Ganze geschmackvoll mit Tomatenvierteln garniert und in der angenehmen Nachbarschaft von Toast und Teekanne.

»Guter Gott!« krächzte Judy. Ihr wurde schlecht nur beim Hinsehen.

»Hallo«, grüßte Jumbo. »Sagenhaftes Frühstück, nicht? Ich habe dir dasselbe bestellt, aber nur zwei Eier.«

Nur zwei Eier! Sie beeilte sich, die Bestellung zu widerrufen, sie wollte nur Tee. Schon eine Scheibe Toast war ihr zuviel.

»Was ist denn mit dir los?« fragte Jumbo erstaunt. Judy ließ ihn bei seinem sagenhaften Frühstück und entwich, aber eine von seinen Schinkenscheiben nahm sie mit. Für Biddy.

Die kleine Hündin hatte die Nacht im Auto verbracht, denn Neuseelandhotels erlaubten Hunden keinen Zutritt. Sie war sehr froh, Judy zu sehen und ins Freie zu kommen, verlangte aber gleich zu ihren Jungen zurück. Judy brachte ihr Milch und versorgte auch die Hühner. Dann ging sie pakken. Kurz vor zehn waren sie am Bahnhof und warteten auf den Zug, der die Reifen bringen sollte. Jumbo würde sie gleich mit den alten vertauschen, und der Weiterfahrt stand nichts mehr im Wege.

Der Zug lief ein, aber er brachte keine Reifen. Jumbo fluchte und ging telefonieren. »Sie kommen mit dem nächsten Zug«, meldete er, jetzt sehr niedergeschlagen.

»Und wann ist der fällig?«

»Um vier Uhr.«

»Ja, kommen wir dann heute noch bis Coromandel?« fragte Judy besorgt. Jumbo mußte morgen rechtzeitig zur Stelle sein! Sie beide hatten der Mutter fest versprochen, spätestens an diesem Abend einzutreffen.

»Gott weiß«, sagte Jumbo finster. »So ein Pech. Und ich hatte dir vorschlagen wollen, lieber die Ostküste entlangzufahren, wenn wir wieder gute

Reifen hätten. Die Strecke soll viel interessanter sein als einfach die West-
küste hoch.«

»Bloß nicht, Jumbo. Dazu hätten wir doch gar keine Zeit gehabt. Und die
arme alte Dame — auf den Straßen! Denk an Charlie.«

Zurück in die kleine Stadt, und das Warten begann. Für Jumbo war es nicht
so arg, er fand immer etwas an dem alten Auto zu tun, er war bald emsig
beschäftigt. »Ist alles nicht so schlimm«, meinte er, »die Reifen kommen
bestimmt. Bis Thames ist es nur eine kurze Strecke und von Thames an
wirklich nur ein Katzensprung.«

»So?« sagte Judy skeptisch und ging Zeitschriften kaufen.

Der kleine Laden schwankte plötzlich um sie. Sie griff nach einem Halt;
die Frau, die sie bediente, wurde aufmerksam und fragte: »Ist Ihnen nicht
gut?«

»Nicht besonders«, flüsterte Judy. Sie strich über ihre Stirn, über die Augen. Ihr war furchtbar heiß, und es stach in der Brust, wenn sie etwas
tiefer zu atmen versuchte.

Die Frau brachte ihr einen Stuhl und eine Tasse Tee. Sie gab ihr sogar ein
Aspirin. »Sie gehören ins Bett, Fräulein«, meinte sie.

Bett — ach ja. Bett, das klang wie Paradies, aber keine Aussicht darauf.

»Wir sind auf der Durchreise«, murmelte Judy.

Ihre Wohltäterin dachte: Wenn das nur gutgeht. Das Mädchen hatte hohes
Fieber, oder sie verstand sich auf gar nichts mehr.

Das Mädchen dankte ihr und verließ den Laden.

Den Rest der Wartezeit verbrachte Judy in einem nicht unangenehmen
Dämmerzustand. Sie ging nicht zum Essen ins Hotel, doch ließ sie sich in
der Küche für Biddy etwas geben. Jumbo sagte: »Nanu, ißt du denn
nichts?« und vertiefte sich wieder in sein Lagonda-Handbuch. Anscheinend
hatte die »alte Dame« außer schlechten Reifen noch andere Probleme.

Um vier kamen die bestellten Reifen wirklich an, um halb fünf waren sie
auf den Rädern. Paeroa lag hinter, das Städtchen Thames vor ihnen.

Thames war erreicht, und die Coromandel-Halbinsel tat sich vor ihnen auf. Links hatten sie das Meer, landwärts die Berge, blau und schön die fernsten, denen sie zustrebten. Im Farn hier und da die Reste einstiger Goldwerke. Schade, daß mir heute alles so egal ist, dachte Judy. Auf diese Strecke hatte ich mich gefreut.

Wenn wir nur schon da wären und Mutter gäbe mir was Kaltes zu trinken . . . Sie hat mein Bett bereit . . .

Aber sie waren noch nicht da, noch lange nicht. Ihre Gedanken verwirrten sich, halb waren sie schon Fieberträume.

Jumbo erzählte von Goldfedern, von Goldgräbern und der wilden Zeit damals. Er wußte eine Menge darüber. Endlich aber fiel ihm auf, daß Judy völlig teilnahmslos neben ihm saß.

»Was hast du eigentlich?« fragte er.

»Kopfweh«, gestand Judy.

»Nimm ein Aspirin«, riet ihr Vater.

»Hab' ich schon.«

»Dann wird's bald besser«, versprach er. »Der alten Dame geht's auch nicht besonders gut. Ihr Weibsen!«

Aber Judy hörte sein gutmütiges Brummen nicht mehr, sie war wieder eingeschlafen.

Biddy regte sich unruhig in ihrem Heubett. Auch sie würde froh sein, wenn diese Reise zu Ende war. Und Jumbo selbst nicht minder. Es war kein Vergnügen, mit einem nur halb tauglichen Auto auf unbekannten Straßen zu fahren, selbst wenn dieses Auto sein Augapfel war. Und es dunkelte schon wieder.

Es war Nacht. Die Straße stieg an, war jetzt merklich enger und gewundener; sie lief durch Busch. Durch hohen Busch sogar. Wie war er denn hierher geraten? Jumbo hielt den Wagen an und studierte die Karte, so gut es im Schein einer Taschenlampe ging. Genau konnte er es nicht erkennen, das Licht war zu schwach, aber es schien, als sei er auf dem Weg zur Ostküste statt auf der direkten Strecke nach Coromandel. Daß ihm so etwas passieren konnte! Die »alte Dame« machte ihm Sorgen, er hatte seine Aufmerksamkeit ihr zugewendet und nicht seinem Weg. Aber so falsch zu fahren, das war stark.

Ihm fiel ein, daß er anfangs geplant hatte, diese Straße zu fahren. Mit den Gedanken bei dem verdächtigen Geräusch, das der Motor hin und wieder von sich gab, mußte er den Plan unbewußt ausgeführt haben.

Wenden und zurückkehren? Nein, lieber vorwärts, so gut oder schlecht es ging. Schöne Bescherung, und noch dazu bei Nacht! Jumbo warf sich ein paar Namen an den Kopf, die nicht gerade schmeichelhaft waren. Er fuhr weiter, vorsichtiger jetzt. Bis Whitianga mußte er es heute noch schaffen — dann vor Sonnenaufgang die letzte kurze Strecke, und er kam bestimmt früh genug an.

Die Straße stieg immer noch. Zwischen Steilhang und jähem Absturz ging es bergan. Die »alte Dame« quälte sich tapfer, sie gab fast ihr Letztes her, und ihr wurde heiß dabei. Viel zu heiß, sie dampfte wie ein Teekessel. Immer wieder mußte Jumbo sie verschnaufen lassen. Bald war kein Wasser mehr im Kühler, er mußte gehen und neues holen. Wasser gab es überall in diesen Bergen, und er hatte einen Kanister für solche Fälle bei sich. Er rüttelte seine Tochter wach: »Judy, wir kochen. Ich geh' zum Bach hinunter. Hab keine Angst, ich bin bald wieder da.«

»Angst . . .« murmelte Judy. »Nein. Okay.«

Biddy winselte leise. »Biddy? Keine Angst, Biddy.«

Dieser Husten, so anstrengend. Alles viel zu anstrengend. Sie ließ den Kopf auf die Schulter sinken und schlummerte wieder ein.

Ein paar Minuten, und sie fuhr hoch. Ein Geräusch hatte sie geweckt. Da war es wieder, Hufschlag, der näher zu kommen schien, unterdrückte Stimmen. Jumbo mit dem Wasser — und wer noch? Sie horchte in das Dunkel hinaus.

Biddy winselte stärker.

»Still, Biddy!« Judy horchte.

Nichts mehr, der Wind rauschte im Gebüsch. Und auf einmal ein gräßlicher Schrei, ein Fluch, ein dumpfer Fall — Stille, und ein schwaches Stöhnen wie von fern.

Judy war schon aus dem Wagen. Nahebei öffnete sich eine Hügelfalte zu einem kleinen, dreieckigen Tal. Dort mußte es geschehen sein, von dorther war das Stöhnen gekommen. Ein Mann hatte geschrien, sie mußte hin, helfen! Judy rannte.

Der Boden war rauh, sie verstrickte sich im Farnkraut, stolperte, stürzte.

Als Jumbo mit dem gefüllten Kanister zurück kam, fand er das Auto leer, nur Biddys Junge piepten hilflos in ihrem Bett. Er hörte Biddy bellen, ganz hoch, stakkato. Das wies ihm den Weg. Er fand im Farn die verlassene Goldgrube, zwischen ihren verrosteten und vermorschten Trümmern seine Tochter, bewußtlos, und Biddy mit gesträubtem Fell neben ihr.

Unter Anwendung nasser Taschentücher brachte er Judy bald ins Bewußtsein zurück; damit aber war noch längst nicht alles gut. Sie war in einem Zustand höchster Aufregung, klammerte sich an ihn und wollte nicht zum Auto zurück: »Jumbo, Jumbo, hier ist was geschehen, was Furchtbares, jetzt eben, Jumbo — sie haben jemanden umgebracht, wir müssen helfen! Du mußt ihn finden, ich hab' ihn stöhnen hören . . .«

»Judy, Kind, komm doch zu dir. Du träumst ja. Hier ist kein Mensch, alles ist still, sieh doch selbst.« Und Jumbo leuchtete das Dreieck ab, ringsherum. »Siehst du? Es ist niemand hier.«

Aber Judy schluchzte und schauderte und bat. Da hob er sie einfach auf, um sie zum Auto zu tragen.

Biddy biß ihn.

»Kümmere du dich um deine Gören«, schimpfte Jumbo. »Hopp, hinein mit dir!« Biddy wurde am Genick gepackt und ungelinde in ihre Kiste befördert.

Die »alte Dame«, genügend abgekühlt und reichlich mit Wasser versehen, machte sich von neuem an den Berg. Sie bezwang ihn wirklich, und auf der andern Seite des Passes hatte sie es leichter. Ein Glück, denn Jumbo schonte sie nicht. So leid ihm sein armer Wagen tat, er mußte Judy so schnell wie möglich aus dieser Wildnis fort und in geeignete Pflege bringen. Sie war krank, sie phantasierte ja. Was hatte sie nur mit Mord und Schreien und Männern zu Pferde?

Judy tat die Augen auf. Ein helles, freundliches Zimmer, ihr völlig unbekannt, sie selbst in einem weißen, fremden Bett. Aber neben diesem Bett das vertrauteste, was es gab: ihre Mutter.
»Judy, Darling«, sagte sie sanft. Sie erhob sich, beugte sich über Judy und legte ihr die Hand auf die Stirn.
»Was denn, was ist . . .« wollte Judy fragen. Die Mutter kam ihr zuvor.
»Du hast Lungenentzündung, Kind. Du bist hier bei der Gemeindepflegerin in Coroglen.«
»Nicht in Coromandel?« flüsterte Judy.
»Nein, so weit ist Jumbo nicht mehr mit dir gekommen. Er hat mich angerufen, und ich bin noch in der Nacht hierhergefahren, in einem gemieteten Wagen. Der hat Jumbo mit zurück nach Coromandel genommen, er ist rechtzeitig angelangt.«
»Biddy?« flüsterte Judy. »Die Hühner?«
»Alles in Ordnung, auch meine Stauden. Die sind sogar schon eingepflanzt. Unser Jumbo ist ein wahrer Musterknabe geworden vor lauter Angst um dich.«
Judy brachte beinahe ein Lächeln fertig. Die Mutter reichte ihr Tabletten und ein Glas Wasser: »Da, schluck das! Bald bist du wieder gesund und kommst mit mir heim nach Coromandel.« Und nachdem Judy geschluckt hatte: »So ein Jumbo aber auch, dich in der Nacht über diesen Berg zu schleppen, und du so krank.«
Über den Berg? Über welchen Berg? Sie waren doch auf der Küstenstraße

gefahren. Judy versuchte sich zu erinnern. Berg und Busch — was war es doch —, jetzt hatte sie es! Sie richtete sich auf, aber die Mutter drückte sie leicht auf das Kissen nieder. »Ruhig, Kind. Du darfst dich nicht aufregen«, sagte sie.

Es half nicht, Judy mußte es loswerden. »Mutter, da auf dem Berg, in der Nacht, oh, es war furchtbar! Mutter, da ist ein Mord geschehen, ganz dicht bei dem alten Goldwerk, und ich hab's gehört! Mutter . . .«

»Nein, Judy, es war nichts«, tröstete sie die Mutter. »Du hattest hohes Fieber, was ängstigt einen da nicht alles.«

»Mutter, ich weiß es doch! Ich habe die Stimmen gehört, Hufschlag und Flüche und den Schrei.«

Die Gemeindeschwester trat ins Zimmer und rief Judys Mutter zum Telefon. Sie selbst blieb da, trat einen Schritt näher, ihre Augen groß und rund vor Erstaunen.

»Das stimmt aber«, sagte sie wie atemlos. »Das stimmt genau, was du gesagt hast, Judy! Ich habe alles mit angehört.« Sie zeigte auf das offene Fenster. »Ich war draußen auf der Veranda. Es ist wirklich ein Mann ermordet worden, droben am Berg. In der Nacht — aber nicht in der Nacht, als ihr dort vorbeigefahren seid! Vor neunzig Jahren ist es geschehen, und Lucky Lou Barron hat er geheißen. Lucky Lou, weil er immer Gold fand, wo er auch grub. Und schließlich haben Räuber ihn überfallen, in einer Nacht, und ihn totgeschlagen um sein Gold — in einen alten Schacht haben sie ihn geworfen . . .«

Judys Mutter stand in der Tür und sagte vorwurfsvoll: »Schwester Carrie, meine Tochter soll völlige Ruhe haben, hat der Arzt angeordnet. Sollten Sie ihr Schauermärchen erzählen?«

Schwester Carrie sagte kein Wort mehr und entfloh.

»In den alten Schacht geworfen«, murmelte Judy. »Darum klang das Stöhnen so weit weg. So dumpf. Mutter«, rief sie heftig, »was war denn das, was hab' ich . . .«

»Judy, das läßt sich doch erklären«, beschwichtigte sie die Mutter.

»Vor neunzig Jahren, hat sie gesagt! Aber ich — ich war doch da!«

»Du warst schon sehr krank«, fuhr ihre Mutter fort. »Jumbo mag dir während der Fahrt von dergleichen erzählt haben. Goldfelder, die alten wilden Geschichten, das ist so recht sein Geschmack. Etwas davon wird zu dir gedrungen sein, und im Fieber hast du geglaubt, du erlebst es. So ist es gewesen, Judy.«

Sie setzte sich auf den Rand des Bettes und sprach von anderen, von heiteren, harmlosen Dingen. Von Coromandel und dem hübschen Haus, in dem sie nun wohnten, von dem großen Garten, der dazugehörte. Judy ließ ihre Augen zufallen, beinahe dämmerte sie ein. Sie riß sie wieder auf. Was hatte die Mutter gesagt? Katzensprung — wohin war es ein Katzensprung?

»Zu den Inseln, Judy, du hast wohl nicht zugehört. Jumbo sagt, wenn wir erst ein Boot haben — in Coromandel segelt alles —, dann soll's losgehen. Die Große Barrier-Insel, Kap Maria van Diemen, und danach wär's bis Rarotonga nur ein . . .«

»Katzensprung«, stöhnte Judy. »Rette sich, wer kann!«

Besorgt sah die Mutter sie an und fühlte nochmals ihre Stirn. Aber Judy redete nicht im Fieber, sie wußte, was sie sagte. Sie kannte sich aus. Jumbos Katzensprünge, die hatten es in sich.

HANS PETER RICHTER

Reisebekanntschaft

Lärmend wälzte sich eine Reisegruppe über den Bahnsteig zum unterirdischen Durchgang; sie trennte Edith kurze Zeit von ihrer Mutter und von ihrer Reisetasche.

Als die beiden wieder zueinander gefunden hatten, sagte Mutter: »Du brauchst dich um nichts zu kümmern. Du mußt nur rechtzeitig aussteigen. Tante Helene holt dich ab...«

Edith verzog den Mund. »Ausgerechnet Tante Helene«, maulte sie, »die mag ich doch nicht. Die behandelt mich immer noch wie ein kleines Kind. Alle reden mich mit ›Sie‹ und ›Fräulein‹ an — Tante Helene sagt: ›Kindchen‹ zu mir.« Unwillig schüttelte Edith den Kopf. »Warum holt ausgerechnet Tante Helene mich ab?«

Die Mutter zupfte ein Fädchen von Ediths Bluse. »Weil die anderen vermutlich um diese Zeit verhindert sind«, erwiderte sie. »Und nun sei nicht schon unzufrieden, bevor du angekommen bist. Sie werden sich bestimmt Mühe geben, dir schöne Ferien zu machen.« Sie schaute auf die Uhr. »Dein Zug hat Verspätung«, stellte sie fest.

»Das haben Züge doch immer«, behauptete Edith.

Da kündete die Bahnhofssprecherin über die Lautsprecher den Zug an.

Die Mutter griff nach der Reisetasche und drückte sie Edith in die Hand. »Gib acht auf dich«, ermahnte sie noch einmal.

Ihre Worte wurden vom Donnern des einlaufenden Zuges überdröhnt. Mit quietschenden Bremsen verlangsamte die Wagenschlange ihre Fahrt, bis sie schließlich stand.

Edith und ihre Mutter liefen ein Stück neben dem Zug her, mußten aber dann zur nächsten Tür zurückgehen.

»Der Zug ist leer!« jubelte Edith. »Da finde ich sicher einen guten Fensterplatz!« Sie kletterte mit ihrer Reisetasche die Trittstufen empor und wollte in der Türöffnung stehenbleiben, um sich zu verabschieden. Doch Mutter war schon entlang der Wagenreihe vorangeeilt und winkte. Genau in der Mitte des Wagens hielt sie an und deutete auf ein Abteil.

Edith schob sich mit ihrer Tasche durch den Seitengang. Bevor sie das Abteil betrat, auf das Mutter vom Bahnsteig aus hinwies, vergewisserte sie sich: Nichtraucher — keine Plätze belegt. Sie riß die Schiebetür auf, warf ihre Tasche auf die Sitzbank und stürzte zum Fenster. Mit beiden Händen mußte sie sich an die Griffe hängen, um das Fenster zu öffnen. Erst danach konnte sie Mutter wieder hören.

»Und denk bitte daran, alle von uns zu grüßen. Und ruf uns an, sobald du angekommen bist«, stieß die Mutter hastig hervor. »Und verärgere Tante Helene nicht, sie meint es bestimmt gut. Und die Geschenke, packe sie obenauf, damit du sie bei der Ankunft gleich zur Hand hast . . .«

Edith fand keine Zeit zu antworten. Sie nickte nur. Als sie eben ansetzte, um ihre Mutter zu unterbrechen, pfiff es bereits.

Unmerklich rollte der Zug an.

»Nimm dich in acht!« mahnte Mutter noch. Sie versuchte zuerst mit dem Zug Schritt zu halten, dann zog sie ein wohlvorbereitetes Taschentuch hervor und begann damit zu winken.

Auch Edith winkte, sie winkte sogar noch, als sie Mutter gar nicht mehr erkennen konnte. Dann schloß sie das Fenster und ließ sich schnaubend auf ihren Platz fallen. Sie streckte die Füße von sich und kniff einen Augenblick lang fest die Augen zu. Das gleichmäßige Geräusch des Fahrens wiegte sie ein. Doch dann raffte sie sich wieder auf; sie räkelte sich, bis sie mit beiden Händen die untere Ablage des Gepäcknetzes erreichte. Mit einem Ruck zog sie sich hoch und begann mit der Erkundung. Zuerst suchte sie den besten Platz für ihre Reisetasche. Nachdem sie das Stück so in das Gepäcknetz gewuchtet hatte, daß sie es im Auge behalten konnte, schob sie alle sechs Sitze des Abteils zusammen und legte sich lang hin. Weil sie nun jedoch nicht mehr aus dem Fenster schauen konnte, richtete sie sich wieder auf und schubste die Sitze zurück.

Draußen flogen die kleinen Bahnhöfe so schnell vorüber, daß man nicht einmal die Namen auf den Schildern entziffern konnte.

Plötzlich wurde die Wagentür aufgerissen. Herein trat ein kleiner rundlicher Mann, dessen Brillengläser so sauber blitzten wie sein Gesicht. Er lächelte Edith freundlich an und hockte sich auf einen Sitz bei der Tür. Das dicke Buch und die Druckzange legte er neben sich, schob die Schaffnermütze in den Nacken und fragte: »Nun, mein Fräulein, wohin geht es denn?«

Edith kramte das Mäppchen aus ihrer Tasche und holte die Fahrkarte heraus. Die reichte sie dem Schaffner und nannte dabei den Ort. Seine Freundlichkeit hatte sie angesteckt. Lächelnd fügte sie hinzu: »Da verbringe ich meine Ferien.«

Der Schaffner prüfte die Fahrkarte und nahm sie in die Zange. »Dann wünsche ich Ihnen schöne Ferien«, erklärte er, als er die Karte zurückgab. »Sie sehen, die Bahn tut für Sie, was sie kann.« Mit einer großzügigen Geste deutete er auf den Gang hinaus. »Einen ganzen Wagen haben wir bereitgestellt für Sie, für Sie ganz allein.« Er nahm seine Sachen wieder auf, nickte Edith noch einmal zu und verließ das Abteil mit einem herzlichen: »Gute Reise!«

Edith schaute ihm nach und machte es sich wieder bequem. Als sie ihn außer Hörweite vermutete, sang sie laut nach einer selbsterfundenen Weise: »Gute Reise! Gute Reise!« Doch dann brach sie plötzlich ab, erhob sich und ging zur Abteiltür.

Sie öffnete sie einen Spalt und spähte vorsichtig auf den Gang hinaus, nach beiden Seiten.

Der Gang war leer, von einem Ende bis zum andern.

Edith gab sich nicht zufrieden. Sie trat hinaus und prüfte jedes einzelne Abteil, zuerst diesseits der Mitteltür, auf der Nichtraucherseite, dann jenseits, auf der Raucherseite.

Tatsächlich, alle Abteile schienen leer!

Doch dann — Edith machte ein enttäuschtes Gesicht.

Im vorletzten Abteil der Raucherseite saß ein junger Mann. Er las in einer Zeitschrift. Als Edith vorüberging, blickte er auf, schaute sie verwundert an, dann nickte er ihr zu und grinste.

Rasch eilte Edith weiter. Am Ende des Wagens angekommen, zögerte sie. Weil sie nicht sofort zurückkehren wollte, wusch sie sich in dem kleinen Waschraum die Hände. Sie strich ihr Haar zurecht, zog die Bluse straff, richtete sich auf und schritt langsam wieder zu ihrem Abteil zurück.

Wieder grinste der junge Mann sie an.

Und Edith konnte sich nicht verkneifen, ihm zuzulächeln. Den Rest der Strecke bis zu ihrem Abteil beschleunigte sie ihren Schritt. Die Abteiltür schlug sie fest hinter sich zu und warf sich prustend auf ihren Fensterplatz. Sie bemühte sich, aus dem Fenster zu schauen, doch die Felder und Waldfetzen fesselten sie nicht. Unruhig rutschte sie auf ihrem Sitz und glitt allmählich zur Tür hin. Durch das Fenster zum Gang versuchte sie, in Richtung auf das Abteil des jungen Mannes zu blicken. Aber das war unmöglich. Also stand sie auf und ging auf den Gang hinaus. Sie öffnete das Fenster und ließ den Fahrtwind ihr Haar zerzausen. Während sie es ordnete, spähte sie unauffällig zur Raucherseite hinüber.

Der junge Mann stand auf dem Gang und rauchte. Er hatte sich ihr voll zugewandt und lachte.

Da drehte auch Edith sich kurz zu ihm hin, lächelte und ging wieder in ihr Abteil zurück. Sie setzte sich und starrte zum Fenster hinaus. Unruhig knetete sie ihr rechtes Ohrläppchen zwischen Daumen und Zeigefinger. Immer wieder drehte sie verstohlen den Kopf zur Abteiltür.

Es dauerte nicht lange, da klopfte es leise, aber unüberhörbar an die Abteiltür.

Unsicher und ein wenig verängstigt schaute Edith auf. Doch ehe sie überhaupt eine Antwort hätte geben können, öffnete der junge Mann die Tür und trat ein. »Es ist so langweilig auf einer weiten Reise, allein im Abteil zu sitzen«, erklärte er und ließ sich, ohne weiter zu fragen, Edith gegenüber nieder.

Edith schwankte zwischen Lächeln und Ernst, dann stimmte sie unhörbar zu.

»So kann man sich die Zeit vertreiben und miteinander reden«, meinte der junge Mann. Dabei rückte er eine Spanne weit vor.

Unwillkürlich rutschte Edith weiter in ihren Sitz zurück.

»Fahren Sie in Urlaub?« erkundigte sich der junge Mann.

Edith schüttelte den Kopf, hielt ein, dann nickte sie.

In den Augen des jungen Mannes blitzte es kurz und erkennend auf. »Als ich Sie vorhin zum erstenmal sah«, teilte er gespielt beiläufig mit, »dachte ich zunächst: Studentin. Aber dann fiel mir gleich Ihr gepflegtes Äußere auf, und ich habe mir gesagt: Nein, das ist keine Studentin, das ist etwas Besseres. Verzeihen Sie — aber ich habe doch recht?«

Unmerklich streckte Edith sich und nahm die Schulterblätter ein wenig mehr zueinander. Sie setzte eine überlegene Miene auf, räusperte sich und antwortete mit gewollter Sicherheit: »Wenn Sie meinen.«

Der junge Mann beugte sich vor und lachte sie breit an. Seine Augen bekamen einen merkwürdigen Glanz. Plötzlich blickte er unvermittelt auf ihre Bluse. »Eine reizende Bluse tragen sie«, begann er plump. »Was ist das für ein Stoff? Das steht Ihnen vorzüglich!«

»Die hat — die habe ich selbst geschneidert«, verbesserte Edith sich.

Er verbeugte sich vor ihr und sagte: »Meine Hochachtung, meine Hochachtung!« Dabei rückte er ihr immer näher. »Wissen Sie«, erklärte er, »dieser Stoff, der umschließt Ihren Oberkörper hinreißend gut.« Mit den Händen formte er unbestimmte Rundungen in der Luft. »Das ist sicher etwas ganz Besonderes und war bestimmt nicht billig.«

Edith blieb ihm die Antwort schuldig.

Geschickt nützte er die Unsicherheit aus. »Wissen Sie, ich verstehe etwas davon, ich beschäftige mich viel damit.«

Edith erkundigte sich unbeholfen: »Beruflich?«

Er zierte sich: »Ach ja — ich sage das nicht so gern, ich — ich arbeite für ein größeres Unternehmen der Damenmode.« Er blickte vor sich hin und versteckte seine furchigen Schuhe unter dem Sitz.

Neugierig rückte diesmal Edith näher. »Was machen Sie da?« wollte sie wissen.

Der junge Mann zögerte kurz, dann brachte er überbetont sicher heraus: »Ich mache Entwürfe.«

Edith verschlug es die Sprache. Mit geöffneten Lippen starrte sie ihr Gegenüber an.

Das gab dem jungen Mann Überlegenheit. »Ich reise viel im Auftrag meines Unternehmens. Man muß sich alles anschauen, damit man Neues und Durchschlagendes bringen kann.« Mit einer geringschätzigen Handbewegung verwarf er das Abteil. »Selbstverständlich fahre ich sonst im eigenen Wagen, das bringt mich rascher zum Ziel. Wissen Sie, zweihundert auf der Autobahn, das ist doch etwas anderes als solch ein Zug. Diesmal mußte ich die Bahn nehmen, weil mein Wagen in der Werkstatt stand; ich lasse da noch ein paar kleine Verbesserungen anbringen.«

Edith staunte sichtbar. »Ist es ein Sportwagen, so ein offener?« erkundigte sie sich.

»Ja«, bestätigte der junge Mann selbstsicher, »ein blauer Zweisitzer, so ein ganz schnittiger.« Er hielt ihr eine Schachtel hin. »Rauchen Sie?«

»Aber hier ist doch Nichtraucher«, wandte sie ein.

»Was macht das«, entgegnete er. »Es ist ja niemand da, der sich beschweren könnte.« Noch einmal drängte er ihr die Schachtel auf.

Und Edith nahm.

Als er ihr Feuer gab, berührten seine Knie auffällig lang die ihren.

Edith hätte beinahe vergessen zu ziehen.

Ohne zu fragen, setzte er sich diesmal auf den Platz neben ihr. Seine Hand senkte sich wie versehentlich auf die ihre.

Edith zuckte, doch dann scheute sie sich, ihre Hand fortzuziehen. Allzusehr war sie mit dem ungewohnten Rauchen beschäftigt. Es kostete sie Mühe, den Hustenreiz zu unterdrücken. Winzige Schweißperlen erschienen auf ihrer Stirn. Sie zog zu hastig, blies den Qualm rasch wieder aus dem Mund und klopfte dauernd unruhig die Asche ab.

Er redete nicht mehr viel, sondern nutzte ihre Unbeholfenheit aus. Zuerst vorsichtig, dann immer anmaßender streichelte er ihre Hand auf der Armstütze.

Sie ließ ihn gewähren.

Ohne sie richtig anschauen zu können, sagte er mit einem warmen Ton in der Stimme: »Wissen Sie, daß Sie wunderschöne Augen haben?«

Ediths Gesicht flammte auf.

Er sprach eindringlich, leise: »Das paßt wundervoll zu Ihrem herrlichen Haar.« Wie unabsichtlich strich seine Hand über ihren Unterarm.

Endlich hatte sie zu Ende geraucht. Ihre Augen verrieten Ratlosigkeit.

Da öffnete der kleine dicke Schaffner die Abteiltür. Er lächelte nicht mehr, sondern schaute mißbilligend auf den jungen Mann. »Die Fahrkarten bitte!« forderte er streng.

Der junge Mann ließ Edith los. »Aber die haben Sie doch schon gesehen«, wandte er ein.

Der Schaffner tat, als ob er sich erinnere. »Sie haben vorhin dort hinten gesessen?« fragte er in dienstlichem Ton.

Der junge Mann nickte.

»Ich würde meinen Koffer nicht so allein lassen«, meinte der Schaffner. Dann schnupperte er und erklärte: »Das ist ein Nichtraucherabteil.«

Eine Weile blieb es still zwischen den Dreien.

Die Blicke des Schaffners schwenkten von dem jungen Mann zu Edith und wieder zurück. Dann sagte er: »In etwa einer halben Stunde sind wir da, Fräuleinchen. Beim nächsten Halt müssen Sie aussteigen. Wenn ich Ihnen helfen soll: das Dienstabteil ist zwei Wagen weiter vorn. Aber ich komme vorher noch einmal durch.« Ernsthaft blickte er Edith an. Dann verließ er das Abteil, ohne den jungen Mann noch einmal zu beachten.

»Dieser blöde Kerl«, schimpfte der junge Mann leise. »Was wollte der überhaupt hier? Er hat doch alle Fahrkarten gesehen. Das war doch nur ein Vorwand.« Er spähte auf den Gang hinaus. Als er sich wieder umwandte, war er wie verwandelt. »Was lassen wir uns von dem stören«, sagte er mit einer Stimme, der man die Erregung anhörte. Diesmal rückte er ganz nahe an Edith heran.

Vor der Hitze, die sein Körper bei dieser Berührung ausstrahlte, schreckte Edith zurück.

Er griff wieder nach ihrem Arm. Sein Gesicht war dicht vor dem ihren.

Edith wandte den Kopf zur Seite und starrte aus dem Fenster. Zaghaft versuchte sie, ihren Arm zu befreien.

Er aber hielt sie nun mit beiden Händen fest.

Edith wollte aufstehen. Doch auf dem Weg zur Tür ließ er keinen Durchgang. Er atmete hastig. Die Armstütze, die sie bisher noch getrennt hatte, klappte er hoch.

Eingezwängt zwischen Sitz und Wand und jungen Mann zog Edith unwillkürlich die Knie an. Doch seine Hand legte sich auf ihren Oberschenkel und preßte ihn auf den Sitz herab.

Edith suchte. Die Notbremse war fern über der Tür.

Als ob er den Blick verstanden hätte, war er plötzlich über ihr und versperrte ihr die Sicht. Unruhig und schmerzhaft griffen seine Hände nach ihr.

»Lassen Sie mich los!« stieß Edith hervor. »Lassen Sie mich los, sonst schreie ich!« Die Warnung war viel zu leise gesprochen.

Aber er hatte sie verstanden. Mit einem gemeinen Lachen forderte er sie auf: »Schrei doch! Schrei doch ruhig! Es hört dich doch keiner.« Seine Hände waren flink; sie huschten über ihren Körper.

Noch bevor Edith seinen Griff abwehren konnte, packte er anderswo wieder zu. Er war stärker und geschickter.

Ediths Abwehr erschlaffte. Verzweifelt begann sie zu trampeln. Sie trat blind und wild, um sich zu befreien. Keuchend atmete sie.

Plötzlich, ganz unerwartet, gab der Mann sie frei. Er schrie leise auf, krümmte sich. Mit schmerzverzerrtem Gesicht wich er zur Abteiltür zurück. Dabei zischte er mit zusammengebissenen Zähnen: »Mistgöre!«

Fast gleichzeitig erschien der Schaffner auf dem Seitengang. Mit einem Blick überschaute er die Lage. Ohne Rücksicht auf den jungen Mann, der dagegenlehnte, riß er die Abteiltür auf. »Was versperren Sie hier den Weg!« schnauzte er den Überraschten an. Dann wandte er sich mit sehr viel Freundlichkeit Edith zu. »Ich weiß nicht, ob ich nachher dazu kommen werde«, sagte er lächelnd, »darf ich Ihre Reisetasche schon einmal nach vorn tragen? Das ist günstiger für Sie. Wenn wir halten, sind Sie sofort beim Ausgang.« Während er Ediths Reisetasche aus dem Gepäcknetz hob, drehte er sich noch einmal um.

Der junge Mann war verschwunden.

Mit einer höflichen Geste forderte der Schaffner Edith auf, voranzugehen. Er folgte mit der Reisetasche.

Edith hatte sich noch nicht beruhigt; sie atmete ungewöhnlich kurz und rasch. Ihre Finger zitterten. Um es zu verbergen, verschränkte sie die Hände, während sie durch den Gang nach vorn strebte. Am Wagenende hatte sie Mühe, die Verbindungstür zu öffnen.

Der Schaffner half ihr bereitwillig. Dabei warf ihn der Zug gegen Edith. Als er sich wieder aufgerichtet hatte, stützte er sie — dann glitt seine Hand langsam über ihren Rücken.

Erschreckt blickte Edith ihn an. Doch schon verlangsamte der Zug seine Fahrt; er stieß über Weichen und lief in den Bahnhof ein.

Der Schaffner ließ wortlos die Reisetasche fallen. Mit schnellen Schritten ging er grußlos davon.

Der Zug hielt. Edith sprang aus dem Wagen.

Genau vor ihr stand Tante Helene. Edith warf sich der Tante an den Hals. Ihr Mund bewegte sich, aber sie brachte keinen Ton hervor.

Tante Helene sagte nur: »Nanu, Kindchen . . .« und drückte Edith fest an sich.

ERNA DONAT

Ein seltsamer Junge schenkt mir
ein großes Stück Bernstein

Als ich ungefähr 13 Jahre alt gewesen bin, war nicht viel mit mir los. Ich war viel zu lang und viel zu dünn. Normalerweise muß ein Kind von 13 Jahren 157 Zentimeter groß sein und 44 Kilo wiegen. Ich war aber 161 Zentimeter groß und wog nur 38 Kilo — kurz gesagt: ich war eine dünne Latte. Mein Vater regte sich über meine Storchbeine auf, mein Klassenlehrer hatte immerzu etwas an mir auszusetzen, zappel nicht so 'rum, gib nicht so an, kannst du nicht fünf Minuten sitzen bleiben — und so weiter. Das war schon kein Leben mehr.

Eines Tages kam es noch besser. Ich wurde zum Schularzt geholt. Er guckte mich von oben bis unten an, horchte an mir herum; hol mal tief Luft, huste mal, feste. Schließlich machte er seinen Mund auf und sagte das Wort: Erholungsaufenthalt.

Dann hat er ganz süß weitergesprochen: Liebes Kind, du kannst dich freuen, du kommst in ein Kinderheim, und rate mal, wo? An der Ostsee, du hast keine Ahnung, wie schön es da ist . . . Freust du dich? Ich habe nichts gesagt. Das mußte ich erst mal verdauen.

Was sollte ich an der Ostsee? Ich wollte mit meinem Fahrrad auf der Straße herumturnen, Völkerball spielen, Milch austragen, Geld verdienen, Speiseeis kaufen, in die Jugendbühne gehen, Versteck spielen.

Meine Mutter war aus der Tüte, weil der liebe Schularzt mich an die Ostsee verfrachten wollte; sie ließ sich einen Stempel machen und stempelte meinen Namen in jedes Kleidungsstück hinein, im Hemd stand mein Name, im Schlüpfer, überall.

Etwas war gut an der Sache. Ich bekam einen neuen Trainingsanzug. Einen Trainingsanzug hatte ich mir schon lange gewünscht, denn der alte war total durch. Ich glaube, mein Vater wollte mir die Ostsee schmackhaft machen. Immerhin — ich stellte mir nun doch vor, wie ich in meinem neuen Trainingsanzug — der ganze Anzug dunkelblau, oben eine hellblaue Passe und dann ein roter Wollkragen! — herumlaufen würde. Soweit hatte mein Vater mich geschafft.

Ich will nicht alles auseinanderfädeln. Nur so viel von der Hinfahrt: So eine Menge Kinder, wie an dem Morgen auf dem Bahnsteig gewesen sind, hatte ich vorher noch nie gesehen. Es waren Extrazüge in Richtung Ostsee eingesetzt worden. Manche Kinder wollten nicht weg. Sie riefen: Mutti, Mutti, als der Zug schon fuhr. Das kam für mich nicht in Frage. Lieber hätte ich mir die Zunge abgebissen.

Wir hatten Karten bekommen, die wir uns an einer Strippe um den Hals bammeln mußten, da stand Name, geboren, Straße, Schule und so weiter drauf. Neben mir im Abteil saß ein Mädchen, das sich alle Stationen, an denen der Zug hielt, aufschrieb. Ich fragte: Warum machst du das? Das Mädchen sagte: Ich weiß auch nicht, warum ich es mache, ich schreibe immer alles auf.

Das Kinderheim war vollständig neu. Wir sind vier Mädchen in einem Zimmer gewesen. Das Zimmer war viel größer als unsere große Stube zu Hause. Überall lagen bunte Decken; auf dem Tisch und auch auf den Betten. Die Gardinen waren rot. Ich hatte einen halben Schrank für mich, und in die andere Hälfte konnte Gitte, das Mädchen aus Braunschweig, seine Sachen 'reinhängen. Mir gefiel alles gut. Das Mädchen aus Braunschweig fragte: Hast du schon mal die Ostsee gesehen? Nein, sagte ich. Ich auch nicht, sagte sie.

Zwei Tage mußten wir im Heim bleiben, dann ging es erst richtig los. Wir wurden in Reihen aufgestellt, immer drei und drei. So mußten wir abmarschieren. Festhalten, nicht aus der Reihe, ihr müßt so bleiben, wie ich euch

118

aufgestellt habe, ihr seid hier fremd. Die Kindergärtnerin hatte zu tun. Am Steg, auf der Düne, war es nicht einfach, so zu bleiben, wie sie uns aufgestellt hatte. Das Brett, über das wir gehen mußten, war für drei Kinder viel zu schmal.

Plötzlich rief sie: Alle loslassen!

Ich blieb erst mal stehen, denn ich dachte, mich haut es um. So viel Wasser! Das ist also die Ostsee. Der Schularzt hatte bestimmt nicht übertrieben. Da fuhr ein Schiff am Himmel entlang ... Ich ging langsam über die Düne 'runter ans Wasser. Da lag Tang, lange Enden, da lag eine glibschige Qualle, die blau und rötlich schillerte, da lag ein aufgeweichtes Brett; auf dem Brett standen die Worte Edinburgh-Scotland. Ich weiß auch nicht, mir war nicht nach Rumtoben zumute.

Wir sind jeden Tag an den Strand gegangen. Ich konnte nicht genug kriegen von der Ostsee. Stellt euch das alles ganz blau vor, mal heller, mal dunkler, mal sogar etwas grün. Ich hatte schon Muscheln für meine Eltern gesammelt.

Es gab mehrere Kinderheime. Jedes Kinderheim hatte am Strand seinen Platz. Unser Platz war für das Kinderheim Berlin-Lichtenberg reserviert. Neben uns hatte das Kinderheim Wuppertal-Elberfeld seinen Platz, und so ging es immer weiter. Die Kindergärtnerin machte den Vorschlag, wir sollten eine Burg bauen, vorn am Burgwall sollten wir mit Steinen die Worte »Kinderheim der Stadt Berlin« zusammensetzen. Na gut, warum nicht. Ich drängelte mich vor, als es hieß: Steine sammeln. Ich habe mir nichts Schlimmes gedacht. Vielleicht wollte ich mir die Gegend ansehen, Kinderheim Wuppertal-Elberfeld, und was dann kommt. Ich war nicht daran gewöhnt, immer auf einer Stelle zu bleiben, schließlich war ich nicht mehr sieben. Als es also hieß: Wer will schöne Steine sammeln?, schrie ich: Ich! Ich setzte mich etwas ab, kroch unter dem Draht durch, der unseren Platz abgrenzte. Hinter dem Draht stand ein Fischerboot, das wollte ich mir ansehen. Da hingen Netze zwischen dicken Pflöcken; die Netze rochen nach

Wasser. Das Fischerboot stand umgedreht da. Es war frisch geteert. Im Sand lagen Ruderstangen. Ich hob sie hoch.

Ruder sind verflucht schwer, sie faßten sich heiß an, das Holz war in der Sonne und im Sand heiß geworden. Ich ging immer ein paar Schritte weiter, bückte mich, duckte mich, oh, prima Ostsee, ich wollte mir alles ansehen und dann wieder zurückgehen.

Ich war schon längst unter dem Draht vom Kinderheim Wuppertal-Elberfeld durchgekrochen und wollte nun zu unserem Platz zurückgehen, da stand auf einmal der seltsame Junge vor mir. Der tauchte plötzlich auf, als wäre er aus dem Sand geschossen wie ein Spargel. Mit einem Mal war er da. Er hatte Gummistiefel an; ich glaube, die hatte er irgendwie geerbt; mindestens zwei Nummern zu groß waren ihm die Stiefel, wenn das man langt.

Vielleicht fünf Nummern zu groß. Er hatte ein rotes Halstuch um. So ein ähnliches Halstuch macht meine Mutter mir um, wenn ich Halsschmerzen habe. Seine Mütze war auch rot, aber verwaschen, ein roter Wollpudel. Verdammt, dachte ich, bei dem Wetter . . . Der ist aber warm angezogen.

Ich war schon dünn und lang, aber der Junge war noch dünner und länger. Der sah zum Piepen aus. Meine Ärmel sind schon zu kurz, aber der hatte vielleicht kurze Ärmel. Ich war ja blaß, aber der erst. Der Junge war käseweiß, Ehrenwort, sogar seine Ohren waren weiß. Und das Schönste kommt noch. Der Junge sagte nämlich zu mir: Na, da bist du ja.

Ich war platt. Dann fragte er mich: Bist du in Berlin-Lichtenberg ausgerückt oder in Wuppertal-Elberfeld?

Ich konnte überhaupt nicht antworten, denn er redete immer weiter: Wenn du aus Wuppertal kommst, mußt du um die Düne 'rumflitzen und durch das Gras robben, ich stehe dann schon da und bringe dich woanders hin, also, nun mal hoppla.

Was heißt hier hoppla, sagte ich, Wuppertal geht mich überhaupt nichts an. Da bin ich mitten durchgegangen.

Na, wenn schon, sagte der Junge, willst du immer weiter hinterm Draht 'rumhoppeln wie ein Karnickel?

Damit hatte er recht, ich wollte nicht wie ein Karnickel hinterm Draht 'rumhoppeln, aber ausrücken? Nein, daran habe ich überhaupt nicht gedacht.

Dann kam wieder etwas. Ich war ein paar Schritte mit dem seltsamen Jungen gegangen, plötzlich war er wieder weg. Ich rief: Junge! Er war in ein tiefes Sandloch gesprungen und stand gleich wieder da. Wie heißt du? fragte ich, ich kann doch nicht bloß Junge sagen. Er sagte: Es hat keinen Zweck, wenn ich dir meinen Namen nenne, mein Name ist kaputt. Ist so was nicht tütelütü? Dann fragte er: Und du? Ich sagte ihm meinen Namen: Elzi.

Er sagte: Is' egal.

Ich bin immer mit ihm mitgerannt. Ich weiß heute noch nicht, warum ich immer mit ihm mitgerannt bin. Er erzählte in einer Tour. Ich mußte dicht neben ihm laufen, sonst hätte ich nichts verstanden. Er war erkältet, zwischendurch blieb er stehen und hustete und schnappte nach Luft und sagte: Die hatten mich nämlich wieder mal ins Bett gesteckt, denkste — doch nicht mit mir, haste nicht gesehen, Fenster auf, Balkon lang, 'runtergesprungen. Bei uns ist sowieso was fällig. Mein Vater ist zwei Meter zehn groß, wie'n Leuchtturm, Kapitän auf 'm dollen Topp. Jetzt remsen sie mir alles mögliche 'rein, Speck und Schinken, weil ich auch zwei Meter zehn groß werden soll. Ich kotze das gleich wieder 'raus.

Sag mal, fragte der seltsame Junge mich dann, hast du schon mal was vom dänischen Feuerschiff gehört? Nee? Da kann ich dich leicht hinbringen. Hast du schon mal was vom Gespensterwald gehört? Nee? Sag mal, was hast du eigentlich gehört? Hast du Ohren? Soviel ich sehe, sind welche an deinem Kopf dran. Wir müßten nach Heiligendamm gehen, dann kommen wir durch den Gespensterwald — da sind kahle, abgeschälte Bäume, die stehen da wie Arme, wie Beine, wie Knochenarme, wie Knochenbeine, wie Riesenarme, wie Riesenbeine, hab' dich doch nicht so, Elzi, Elzi-Klein, hast du jetzt schon Angst? Lassen wir den Gespensterwald, sonst gehst du noch ein wie ein Primelpott.

Ich gebe zu: Etwas mulmig war mir wirklich zumute, aber ich wollte unbedingt, daß er weiterredet. Ich stolperte neben ihm her, weil ich so neugierig war — was wird er jetzt sagen?

Auf zum Wrack, rief der Junge, Richtung Wustrow.

Ich dachte, daß er nur angibt, doch als wir eine Weile am Strand entlanggegangen waren, sah ich schon etwas Dunkles halb im Wasser liegen. Wir kamen näher, und tatsächlich, es war ein Wrack, das Holzgerippe von einem ehemaligen Schiff.

Hier stehen die Kurgäste, so — verstehst du, sagte der Junge, weißes Mützchen auf, Pippi mit der Schippe, Fippi mit dem Eimerchen, knips, knips, Aufnahme vor dem Wrack in Wustrow. Denkste, die haben eine Ahnung, was es mit Wrack auf sich hat, hast du vielleicht 'ne Ahnung, Elzi? Natürlich nee, hör mal zu — das war so:

Hier im Dorf wohnte ein dicker großer Kapitän. Kapitän Zweimeterzehn, der hatte einen Sohn. Der Sohn war nicht so dick und so groß wie sein Vater, aber er hatte was auf dem Kasten, schlau war er, und er wollte mit 'raus . . .

'raus? fragte ich.

Sei nicht doof, sagte der Junge, der Sohn wollte mit 'raus auf's Meer. Der Vater machte allerlei Sums, er sollte nicht mit 'raus, sondern erst zur Schule gehen und dann nach Elsfleth auf die Schifferschule und immer so weiter, und immer Speck und Schinken fressen, denn das Leben auf See ist hart. Höchstens mal so'n bißchen 'rumpitschern, aber 'ne richtige Reise, nee. Kapitän Zweimeterzehn blieb stur. Und dann hatte er was davon. Der Sohn besorgte sich ein Schiff. Ich bin der Sohn von Kapitän Larsen, sagte er zu einem Bootsbauer. Oho, der Sohn vom großen dicken Larsen! Ich bestelle ein Boot, sagte der Sohn, es muß so und so sein, in einem halben Jahr hole ich es ab. Aber ein prima tüchtiges Boot, ist das klar, Meister? Der Boots-

bauer dachte: Wenn der dicke große Larsen dahintersteckt — dann mal alle Mann 'ran an die Brassen, erstklassiges Holz 'rausgesucht.

Nach einem halben Jahr hat der Sohn das Boot abgeholt, es mit allem, was nötig ist, ausgerüstet, und dann ist er losgefahren. Als er auf hoher See war, zeigte sich ein Geist . . .

Was zeigte sich? fragte ich.

Mensch, ein Geist zeigte sich! So. Schluß. Feierabend. Dir erzähle ich überhaupt nichts mehr, du bist ein richtiges dußliges Stadtmädchen, den Typ kenne ich schon, von nichts 'ne Ahnung. Hau bloß ab nach Berlin-Lichtenberg oder nach Wuppertal-Elberfeld, da gehörste hin.

Ich hätte jetzt wegrennen können. Die Kindergärtnerin hätte sich aufgeregt, aber so schlimm, wie es dann geworden ist, wäre es bestimmt nicht gekommen. Ich blieb bei dem seltsamen Jungen. Ich wollte, daß er weitererzählt. Erzähle weiter, sagte ich. Mit dem Geist, das verstehe ich schon. Setz dich her, sagte ich, wir setzen uns hier ans Wrack.

Der Junge setzte sich hin, aber er sagte zuerst kein Wort. Ich hatte Angst, er würde von mir die Nase voll haben. Erzähl doch weiter, sagte ich.

Aber wenn du noch ein einziges dämliches Wort 'rausbringst, verschluckt mich der Erdboden. Der Geist redete dem Sohn also gut zu, er wunderte sich über den dicken großen Kapitän Larsen, der seinen zackigen Sohn zu Hause festbinden wollte. Er pustete den Sturm weg, und der Sohn kam prima durch. Nachts lag eine helle Bahn vor ihm, weil sich das Mondlicht im Wasser spiegelte, der Sohn fuhr wie auf einer beleuchteten Straße dahin. Er kam an eine Insel. Dort wurde er von den Bewohnern gut aufgenommen. Sie beschenkten ihn mit Goldstücken, mit Krokodilhaut, mit Schlangengiftzahnpulver; er bekam eine Kiepe Ananas und einen Sack Kokosnüsse. Eine Häuptlingsfrau hat ihm sogar einen Ananaskuchen gebacken, denn sie wußte, was der Sohn gern ißt. Die ist nicht auf den Gedanken gekommen, mit Speck und Schinken anzutreten. Und als das Boot voll beladen war, fuhr der Sohn wieder ab. Er kam hier oben am Strand an, alle

124

standen da, alle Mann, auch der alte Hinrichs und der Briefträger Alberstedt, sie begrüßten den Sohn und jubelten ihm zu.

Der Kapitän Zweimeterzehn war auch gekommen, und er fragte: Was hast du mitgebracht? Er wollte nur die Goldstücke haben, alles andere war ihm wurscht. Kannst du das verstehen, Elzi? Wenn es mein Sohn gewesen wäre, ich hätte ihn auf meine Schulter gehoben und hätte gerufen: Hier, Herr Hinrichs und Herr Alberstedt — mein Sohn ist mutig und hat eine Seefahrt bestanden.

Der Sohn ging trotzdem mit seinem Vater nach Hause. Er war traurig und verteilte alles. Nur eine Ananas und eine Kokosnuß behielt er für sich. Er sah, wie sein Vater mit den Goldstücken klimperte, und er konnte es schon nicht mehr mit anhören. Als sein Vater auch nach drei Tagen nichts sagte und nichts fragte und ihn nicht lobte, wurde er sauer. Er nahm seine Ananas und seine Kokosnuß und ging wieder weg.

Eines Tages strandete dieses Schiff, das du hier siehst, der Bootsbauer kam und rief: Ja, das habe ich gebaut; allmählich zerfiel das Holz, nur das Wrack blieb übrig.

Ich saß da und wartete. Mir war nicht recht gewesen, daß der Kapitän bloß mit dem Geld geklimpert hatte und daß er sich sonst nach nichts erkundigt hatte. Ich hätte gern gewußt, wo der Sohn nun geblieben war, ob der Bootsbauer Theater gemacht hatte wegen der Rechnung. Doch der Junge sagte nichts mehr, und ich hatte keinen Mumm, ihn zu fragen.

Der seltsame Junge war wohl zufrieden, daß ich nicht mehr dumm quatschte; er sagte: Elzi, ich habe ein faustgroßes Stück Bernstein. Ich werde dir meinen Bernstein schenken, denn du bist meine Beste. Wenn du wieder zu Hause bist, kannst du den Bernstein überall 'rumzeigen, so was hat da noch kein Mensch gesehen.

Wann willst du mir den Bernstein schenken? fragte ich, oder hast du ihn in deiner Hosentasche?

Nein, meine Hosentasche wäre gleich zerfusselt, wenn ich den Bernstein da 'reinwuchten würde. Wir gehen durch's Moor und zu mir nach Hause. In meiner Kommode habe ich hunderttausend Schätze.

Ich habe damals nicht bemerkt, daß es schon sehr spät geworden war. Ehrlich gesagt: Es war schon gegen Abend. Hunger hatte ich auch, aber ich kam nicht auf die Idee, abzuhauen. Jetzt schon überhaupt nicht mehr. Natürlich wollte ich den Bernstein gerne haben.

Der Junge sagte: Wenn wir durch's Moor gehen, kannst du noch das Irrlicht sehen.

Mensch, sagte ich, jetzt mach mal 'nen Punkt! Mir langt es jetzt aber, Irrlicht, so was gibt es doch nicht.

Gibt es doch. Irrlichter sehen aus wie die kleinen Flammen am Gaskocher, so'n Irrlicht hüpft 'rum, das flitzt übers Moor, du darfst nicht hinterherrennen, dann biste gewesen, im Moor versunken, aus, keine Elzi mehr.

Ich dachte bloß: Tütelütü! Wir sind über die Dünen gestiegen, durch die Wiese gegangen und dann in den Wald hineingekommen, da war's dämmrig und schwül. Ich hatte vielleicht Hunger, mir war schlecht vor Hunger, aber ich habe nicht an das Kinderheim gedacht, an gar nichts habe ich gedacht, ich bin bloß immer weiter mitgegangen.

Im Wald war's unheimlich. Ich blieb mit meinem Ärmel an einem Zweig hängen. Komm — ich reiße dich ab, sagte der Junge. Dann saß was in meinem Haar, ein dicker Brummer vielleicht. Der Weg war matschig, der Junge wußte wohl den richtigen Weg nicht mehr. Mit einem Mal war mir alles egal, das Irrlicht und der Bernstein und alles, ich wollte weg.

Jetzt kannst du nicht mehr wegrennen, sagte der Junge, dann rennst du in den Morast, bleib stehen, Elzi . . .

Ich hatte Wasser in meinen Schuhen, laues Glibberwasser; der Junge fiel hin, weil er sich mit seinen großen Gummistiefeln nicht halten konnte. Er sagte keinen Ton mehr. Nicht Piep und nicht Papp. Ich hatte mich auch hingesetzt. Ich saß in der Pampe. Wir wollten aufstehen, aber es klappte nicht, wir rutschten wieder aus. Elzi, meine liebe Elzi, jammerte der Junge. Aber wie der so war — plötzlich hörte er auf zu jammern und rief: Da — da — ein Irrlicht!

Auf dem Morast hüpften kleine Flammen, weißlichblau, ich wollte hinterherrennen. Mit einem Mal hatte der Junge soviel Kraft wie ein Boxer, er hielt mich fest, er zerquetschte mir fast den Arm. Du bleibst hier, Elzi, brüllte er.

Ich kann nicht mehr sagen, was dann noch los war. Wir sind eingeschlafen. Wir haben auf dem matschigen Weg gepennt. Ich bin zwischendurch mal wach geworden, da war's schon hell, und die Gegend sah schön aus. Und dann kam das dicke Ende. Die haben uns gesucht. Die Männer hatten Bahren bei sich, damit haben sie uns weggeschleppt, durch den Wald getragen, ins Krankenauto 'rein. Ich kam ins Kinderheim, der Junge kam nach Hause. Mich haben sie in einen leeren Jungenschlafsaal gelegt. Da lag ich ganz allein; Türen abgeschlossen, Fenster zu. Das hätte ich auch so gemacht, wenn ich die Kindergärtnerin gewesen wäre. Ich wurde untersucht. Der Arzt hat kein Wort mit mir gesprochen. Die Köchin hat mir mein Essen gebracht; sie hat kein Wort gesagt. Die sind mit mir fertig gewesen. Ich dachte: jetzt schreiben sie einen Brief an meinen Vater.

Plötzlich kam die Kindergärtnerin in den Saal und fragte mich: Was habt ihr eigentlich gemacht? Ich sollte erzählen, was wir gemacht haben. Ich habe alles erzählt, und als ich beim Morast angekommen war, habe ich geheult, meine Angst war nämlich noch nicht weg.

Die Kindergärtnerin war prima, sie sagte: Mach das nie wieder, ich hatte vielleicht Sorgen! Und wenn dir etwas passiert wäre, hätten sie mich glatt gefeuert, ich habe doch die Verantwortung für euch.

Es war schäbig von mir, sagte ich, aber der hat erzählt und erzählt, er kann prima erzählen, man vergißt alles.

Mit dem Lars ist etwas los, sagte die Kindergärtnerin, er liegt schwerkrank im Bett. Dem ist es nicht bekommen.

Wer ist Lars? fragte ich.

Der Junge heißt Lars Larsen.

Ach, ich wäre zu gern zu Lars Larsen gegangen. Ich hätte zu gern gesagt: Lassen Sie mich doch zu Lars gehen, aber ich habe mich nicht getraut. Die Kindergärtnerin war bestimmt nicht so, aber sie hatte kein Vertrauen mehr zu mir.

Wie lange sollte ich eigentlich hier noch sitzen im Jungenschlafsaal? Von der Ostsee konnte ich keinen Zippel mehr sehen. Und dann hieß es, ich sollte 'runterkommen. Kapitän Larsen wäre da. Er wollte mich mitnehmen zu Lars.

Kapitän Larsen? Das ist doch der, der mit dem Geld geklimpert hat.

Ich ging 'runter. Tatsächlich: Da stand Kapitän Zweimeterzehn. Der macht mir jetzt ein Donnerwetter, dachte ich. Aber nichts passierte. Er sagte: Komm mit, mein Kind. Er ging mit mir, ohne mich festzuhalten.

Gehen wir zu Lars? fragte ich.

Ja, sagte Kapitän Zweimeterzehn, der Junge hat es sich gewünscht. Er liegt wieder im Bett. Ich weiß auch nicht mehr, was ich mit ihm machen soll.

Ich sagte: Nicht soviel Speck und Schinken geben.

Der Kapitän sagte: Was soll er denn essen, wenn er groß und stark werden soll wie ich?

Ich sagte: Nicht jeder Sohn muß so groß und dick werden wie sein Vater. Geben Sie ihm Butterstullen und Äpfel und hin und wieder auch ein Küßchen.

Und hin und wieder was? fragte der Kapitän.

Ein Küßchen.

Das ist doch kein Essen.

Nein, sagte ich, das ist Nachspeise.

Dann waren wir im Kapitänshaus angekommen. Da hingen Schiffe von der Decke herunter, Schiffe, vielleicht halb so lang wie ich selber. Lars lag im Bett mit seinen käseweißen Ohren, ich habe mich ja so gefreut, als ich ihn sah, ich bin gleich an sein Bett gegangen.

Elzi, sagte er, im oberen Fach. Was? fragte ich, aber nicht scheinheilig, im Augenblick habe ich wirklich nicht an den Bernstein gedacht.

Zieh mal auf, das Luder klemmt, feste, ungefähr rechts . . .

Lars, sagte ich, behalte ihn lieber, nachher tut es dir leid.

Elzi, sagte Lars, mir tut es bestimmt niemals leid, denn du bist meine Aller-allerbeste.

Ich habe mir das faustgroße Stück Bernstein herausgenommen; nie wieder habe ich so etwas woanders gesehen. Es war, als hätte ich Gold in der Hand.

Meine liebe Elzi, sagte Lars.

Dann kam auch schon die Frau Larsen herein. Sie sagte: Liebes Kind, du mußt jetzt gehen, Lars muß wieder Kraft sammeln, er bekommt gleich Äpfel und Butterstullen.

Endlich was zu essen, was mir schmeckt, sagte Lars.

Ich bin weggegangen. Kein Mensch hat sich um mich gekümmert. Ich habe sogar noch einen Umweg am Strand entlang gemacht. Dann bin ich wieder ins Kinderheim zurückgegangen. Gitte, habe ich zu dem Mädchen aus Braunschweig gesagt, guck mal, was ich hier habe.

Lars war bestimmt etwas tütelütü, aber er konnte erzählen, das war schon Klasse, und er hat mir das Irrlicht gezeigt, und er hat mir das große Stück Bernstein geschenkt.

Als ich wieder zu Hause war, drückte mich meine Mutter vor Freude halb tot. Mein Vater sagte: Nun gib sie mir auch mal her, wenn noch was übrig ist.

Ich dachte mir: Die Kindergärtnerin hat bestimmt keinen Brief an meine Eltern geschrieben, sonst wäre der Empfang wohl anders ausgefallen.

Die Korallenkette

Iwan war ein rabiater Kerl, das wußte jeder. Die Lehrer behaupteten, er sei das schwarze Schaf der Schule, seine Leistungen wären schlecht, sein Betragen noch schlechter. Der Elternausschuß hatte schon einige Male seine Eskapaden rügen müssen, die Klassenelite wollte nichts mit ihm zu tun haben. Und seine Eltern . . .

Zieht meine Eltern hier nicht mit hinein! Sie haben genug mit ihren eigenen Sorgen zu tun. Sie sagen, ich sei ein fast erwachsener Mensch. So werde ich meine Taten auch selbst verantworten.

Monika Palátová gehörte zur Klassenelite. Sie sah wie aus dem Ei gepellt aus oder wie aus einem Modejournal geschnitten, ging mit ihrem langen Schwanenhals, als trüge sie einen Tonkrug mit Wasser auf dem Kopf, aus dem kein Tropfen verschüttet werden durfte, und ihre Fingernägel waren fein lackiert.

Eine Zuckerpuppe. Ich sage ständig, sie ist eine Zuckerpuppe . . .

Wenn die Klasse sich mit einer Gleichung nicht zu helfen wußte, wen rief die Lehrerin Rozkovčíková auf? Monika Palátová. Und dabei stand ihr die Genugtuung schon im Gesicht, denn sie wußte im voraus, daß Monika die Rechenaufgabe lösen würde.

Wenn die Klasse sich beim besten Willen nicht erinnern konnte, wann König Wenzel IV. regiert hatte, zeigte der Lehrer Voráček auf wen? Auf Monika Palátová. Sie schoß nicht etwa hoch und erzählte Romane, nein, Monika war keine Streberin. Sie sagte ruhig und genau: »Wenzel IV. regierte in den Jahren 1378 bis 1419.«

Das ärgert mich am meisten. Sie sagt alles ruhig und richtig. Da kann mir der Teufel gestohlen bleiben!

Und als die Lehrerin Lepičovská, die mit den hellen Haaren, in die sämtliche Jungen aus der neunten Klasse verknallt waren . . .

Nehmt zur Kenntnis, ich war nicht in sie verknallt! Wenn jemand um sie herumtanzte, dann waren es meistens Dvořák und Horáček. Für mich war sie so weit weg wie ein Hemdkragen in Größe 43 von meinem Hals.

Als die Lehrerin Lepičovská also verlangte, jemand solle den Sinn von Čapeks Buch »Krakatit« erläutern, wer konnte es am besten? Die Monika Palátová.

Als wenn das etwas wäre! Wenn ich das Buch »Krakatit« gelesen hätte, hätte ich auch etwas Vernünftiges darüber zusammengeschustert. Ich lerne aber nur vor der Notenverteilung, damit es nicht ganz katastrophal endet. Das Lernen interessiert mich nicht besonders. Ich werde sowieso Installateur.

Zur Klassenelite — das sind die fünf Schüler mit den besten Zeugnissen — gehören außer Monika noch Světluše Bílá, Hanna Pospíchalová, Luboš Dvořák und Ladislav Horáček. Von den beiden Letzten war schon die Rede. Von Světluše war allgemein bekannt, daß weder eine Schallplatte noch etwas anderes sie interessierte. Hanna wiederum bot sich den Lehrern durch aufdringliches Tafelabwischen an, durch übertriebenes Tragen von Landkarten und ausgestopften Vögeln, und außerdem flatterte ihre Hand ständig nach oben, wie eine Möwe, die auf ein Stück Brot wartete. Luboš war von Anfang an ein Wissenschaftler; die dicke Brille, die Ungeschicklichkeit und das langsame Sprechen bewiesen es. Ladislav war ein vorbildlicher Schüler — der wird immer vorbildlich sein, ob er Briefträger, Bürgermeister oder Bankangestellter werden sollte. Sogar beim Fußballspielen fiel er noch vorbildlich auf den Rasen. Am meisten aber provozierte Monika Palátová den Iwan.

Wodurch eigentlich? Weil es nichts an ihr auszusetzen gibt? Sie gehört zur

Klassenelite wie im Vorbeigehen, als wenn sie daran nicht interessiert wäre.
Das kann ich nicht vertragen.

Wo er konnte, wischte er ihr eins aus. Einmal malte er ihr einen Teufel mit ausgestreckter Zunge in das Physikbuch, ein anderes Mal band er in der Garderobe ihre Schuhe mit mehreren Knoten zusammen, oder er warf ihre Schulmappe mit den Büchern in den Dreck.

Ich weiß, daß das alles nur Unsinn ist, aber denkt euch mal immer wieder was Originelles aus! Es ärgert mich am meisten, daß sie sich nicht ein einziges Mal über mich beschwerte. Wenn sie sich über mich beschwert hätte, wäre alles viel einfacher gewesen.

Iwan verfolgte auch die anderen Mitglieder der »Großen Fünf« seiner Klasse.

Wer ist überhaupt auf die verrückte Idee gekommen, eine Leistungsskala neben der Tafel aufzuhängen? Wer hat sich ausgedacht, daß die ersten fünf die Klassenelite und die letzten drei die Schiffbrüchigen des Geistes sind? Ich weiß, daß es die Palátová nicht war, aber sie lag stets an der Spitze. Ein gewisser Iwan Fiala gehörte ständig zu den Schiffbrüchigen. Wenn schon ein Schiffbrüchiger, dann ein richtiger Schiffbrüchiger.

Er stänkerte auch gegen Světluše, Hanna, Luboš und Ladislav, aber nur zum Schein, damit man es auf seine Pubertätsjahre schieben konnte. In Wirklichkeit verfolgte er mit wilder Hartnäckigkeit nur Monika Palátová.

Wenn Monika eine Pute gewesen wäre, hätte sie schon lange klein beigegeben. Aber Monika kroch niemals vor Iwan und wartete keinen Angriff mit geschlossenen Augen ab. Sie gab ihm manchen Schlag zurück oder revanchierte sich schnell mit bissigen Bemerkungen. Manchmal befürchtete er trotzdem, sie würde zum Elternausschuß gehen, und was dann?

Ja, Monika könnt ihr loben. Ihr seid genauso wie unsere berühmten Pädagogen: Nehmt euch ein Beispiel an Monika Palátová. Ich habe andere Beispiele: Winnetou, Old Shatterhand. Die Antwort, die ich bekomme, kann ich mir schon denken. Daß Winnetou und Old Shatterhand den Damen nie

etwas Schlechtes getan haben. Von mir aus. So genau befasse ich mich wie-
der nicht mit ihnen.

Iwan dachte sich immer wieder neue Möglichkeiten aus, um Monika zu
kränken, um sie zum Weinen zu bringen. Dabei war er sich gar nicht bewußt, daß er sich dauernd mit ihr beschäftigte und damit langsam begann,
sie anzuerkennen.

Was? Ich, Iwan Fiala? Wer das behauptet, hat den Verstand verloren.

Er begann seine kleinen Provokationen gegen Monika sogar mit einer ge-
wissen uneingestandenen Zärtlichkeit. Wenn ihm allerdings einer seiner
Mitschüler etwas Ähnliches gesagt hätte, dann wären seine Fäuste zu einer
Dampfmaschine geworden, und zwar so lange, bis der Quatschkopf seine
Behauptung widerrufen hätte. Und doch: Iwan sehnte sich nach Zärtlich-
keit, wie es gerade bei schwarzen Schafen oft der Fall ist.

Zu Hause? Nein, zu Hause hatte er sie nie gehabt. Iwans Eltern zogen jeder
am anderen Ende. Wenn sie sich zu Hause begegneten — es geschah sehr
selten —, gingen sie wie drei Blinde aneinander vorbei; Iwan hörte fast das
Schlagen der weißen Stöcke.

Woher wollt ihr das wissen? Ich habe es niemandem erzählt! Und über-
haupt: Laßt sie in Ruhe, das ist ihre Sache. Ihr habt kein Recht, euch einzu-
mischen.

Monika beschwerte sich also nicht über Iwan, nahm mutig seine Angriffe
entgegen und schlug wie selbstverständlich zurück, als sei es eine Rechenaufgabe. Das Leben peinigt nicht nur die Erwachsenen, es fängt damit
schon in den Schulbänken an.

Die anderen Schüler interessierten sich mit erhöhter Aufmerksamkeit für
die eigenartige Spannung zwischen Fiala und der Palátová. Nicht nur die
Mitschüler, sondern auch die Lehrer. Ob ihr das glaubt oder nicht, den Lehrern entgeht so etwas nur selten.

Und dann kam es zu dem Vorfall mit den Korallen.

Monika trug an ihrem Schwanenhals kleine rote Korallen. Sie hatte die

Kette eines Tages von ihrer Großmutter geschenkt bekommen. Jetzt war sie verstorben, und die Korallen wurden für Monika ein Andenken, ein Talisman. Immer blieb ihr die freundliche Großmutter gegenwärtig und mit ihr die Kindheit, die Märchen, die Spaziergänge, die Ferien auf dem Lande.

Wer konnte das ahnen?

Die Korallen verschwanden während der Erdkundestunde.

»Wo sind meine Korallen?« sagte Monika erschrocken und fing an, leise zu weinen.

Sie dramatisiert, meine Herrschaften!

Alle aus der Klasse konnten suchen, soviel sie wollten, aber die Korallen der Großmutter waren nicht zu finden.

Der Lehrer Skoupý gab Erdkunde in der neunten Klasse. Vor ihm und seiner Erdkunde zitterten alle. Skoupý wollte mit der verschwundenen Korallenkette nicht viel Zeit verlieren. Er ging auf Nummer Sicher: Er rief Fiala auf und begann mit einem harten Verhör. Iwan wurde unsicher. Er kannte Skoupý und wußte, daß der Lehrer imstande war, den Vorfall bis vor die Lehrerkonferenz zu bringen.

Bei Skoupý wärt ihr auch unsicher geworden! Ich habe mir während der Erdkundestunden nie etwas zuschulden kommen lassen, und jetzt das! Das Damoklesschwert hing über mir.

Monika Palátová war ganz versunken, sie nahm überhaupt nicht wahr, was ringsum geschah. Dann hörte sie plötzlich das Verhör und wie Iwan stotternd leugnete. »Iwan würde so etwas niemals tun!« rief sie laut.

Der Lehrer schaute sie vorwurfsvoll an und beendete das Verhör. Sein Blick sagte: Ich hatte ihn fast soweit.

»Ich habe sie wahrscheinlich irgendwo draußen verloren.« Sie versuchte zu retten, was noch zu retten war.

»Das nächste Mal belästigst du uns nicht mehr!« sagte der Erdkundelehrer mit frostiger Teilnahmslosigkeit.

Es läutete zum Glück.

Da hatte ich noch mal Schwein gehabt. Ich war aber ganz schön aus dem Gleichgewicht. In diesem Augenblick war mir klar, daß ich Monika nie mehr etwas tun durfte, sonst wäre ich ein Schurke. Gewiß.

Iwan gesellte sich vor der Schule zu Monika. Sie gingen eine Weile wortlos nebeneinander. Er sagte dann mit ernster Stimme: »Warum hast du mich verteidigt?«

Sie zuckte mit der Schulter und sah zur Erde.

Er steckte ihr wortlos die Korallen in die Tasche, schaute sie schuldbewußt an und lief fort. Er lief so schnell fort, wie ein Feuerwehrauto zum Brand fährt.

Das war das Ende von Iwans Feindschaft mit Monika Palátová.

Ihr versteht das wohl nicht? Kann ich vielleicht jemanden verfolgen, der sich anständig zu mir verhalten hat?

Am nächsten Tag kam es zu einem lächerlichen Streit zwischen Monika und Čeněk Juza. Es ging um die kritische Bemerkung, die Monika über Juza in der Schülerzeitung geschrieben hatte. Daß Juza ein Wichtigtuer sei, oder so ähnlich.

Juza wurde wütend und holte gegen Monika aus.

Iwan ging auf ihn zu, die Hände in den Taschen, und sagte abfällig: »Willst du, daß ich dir den Arm auskugle?«

Čeněk machte große Augen. Zuerst sah er auf Iwan, dann auf Monika, und plötzlich wieherte er los: »Ach, die himmlische Liebe . . .«

Er hat sie bekommen. Die Backpfeife.

Weißt du, was das heißt ...

Die Luft unseres Städtchens war an jenem Nachmittag wieder einmal an einen Leierkastenmann verpachtet. Als er zum siebzehntenmal die sentimentale Weise »Always« dudelte, schlug Alex erbost das Fenster zu und schimpfte, an den trivialen deutschen Text des Liedes anknüpfend: »Zum Teufel, weiß vielleicht einer von euch, was das wirklich heißt: Heimweh? Ich weiß es jedenfalls nicht, und ich glaube auch nicht daran, daß es ein starkes und dauerhaftes Gefühl ist.«

»So, so, du glaubst das nicht?« ließ sich da unversehens der Alte an seinem Schreibtisch in der Fensterecke ironisch vernehmen.

»Kennst du denn jemand, dem das Heimweh das Herz zerrissen hat, wie es in dem Schmalzliedchen da heißt«, gab Alex gekränkt zurück.

»Zugegeben, Heimweh wird nur selten zu einer unwiderstehlichen Kraft«, sagte der Alte. »Aber ist das nicht bei allen Gefühlen so? Und doch bin ich einmal einem Menschen begegnet, der von der Macht des Heimwehs geschlagen und gesegnet war.

Ihr wißt, ich habe mich in den Jahren zwischen den beiden Weltkriegen lange in Nordamerika herumgetrieben. Damals bin ich drei Jahre lang Streckenwärter an der Überland-Telegrafenlinie gewesen, die von Seattle über Britisch-Columbia nach Alaska führte. Diese Linie war oberirdisch als Drahtleitung an einer Mastenreihe geführt und deshalb von Wind und Wetter besonders gefährdet.

Das Leben eines solchen Streckenwärters nahm sich von fern ganz behaglich aus, und das war es auch zeitweise. Aber im Winter brachte es schwere, oft sogar lebensgefährliche Arbeit mit sich. Sobald eine Leitung in seinem Abschnitt gerissen war — und bei Rauhreif und Schneesturm kam das mitunter jeden Tag vor —, mußte der Streckenwärter hinaus und die Drähte flicken: eine ungemein pläsierliche Tätigkeit bei fünfundzwanzig Grad unter Null oder bei tobendem Schneesturm, das kann ich euch sagen.

Ja, und dann die Einsamkeit! Nun, ich bin mein Leben lang ganz gern allein gewesen. Aber selbst mir wurde, vor allem im Winter, die Einsamkeit und Stille um solch eine Hütte tief drinnen in den Felsenbergen mitunter zum Alpdruck. Rundfunkgeräte waren damals noch nicht so weit verbreitet wie heute. Man mußte schon imstande sein, mit sich selbst auszukommen, wenn man nicht hintersinnig werden wollte. Die meisten Streckenwärter hielten sich deshalb einen Hund oder eine Katze.

Ich muß gestehen, ich mag Hunde nicht sonderlich gern. Aber in jenen Frühwinterwochen in meiner Streckenwärterhütte Nr. 18 habe ich mich doch gefreut, als an einem Dezembermittag plötzlich ein Hund an meiner Tür kratzte. Es war ein sehr abgemagerter, schwarz-braun gefleckter, ziemlich großer und starker Hund — der Kopfform nach wohl ein Airdaleterrier-Mischling. Er schien sehr erschöpft zu sein. Jedenfalls streckte er sich, nachdem ich ihn eingelassen und er eine ganze Schüssel voll Reis mit Cornedbeef verschlungen hatte, unverzüglich vor dem Ofen zum Schlafen aus.

Ich ließ ihn in Frieden, bis er sich ausgeruht hatte und von selbst zu mir kam. Zögernd zwar und ein bißchen steifbeinig tappte er zu mir her. Aber dann legte er freundlich seinen bärtigen Terrierfang auf mein Knie und sah mich winselnd an.

Das rührte mich so, daß ich ihm den Kopf streichelte und freundlich sagte: ›Ja, mein Guter, du darfst bei mir bleiben! Einverstanden?‹

Der Hund antwortete mit einem Winseln und stupste mit der Nase gegen Knie und Hand. Ich nahm das für ein Zeichen seiner Zustimmung. Als ich ihm, um ihn vertraut zu machen, die Wamme unterm Hals kraulte, spürte ich, daß sich in seinem dichten Haar ein schmaler Lederriemen mit einem

138

Metallplakettchen verbarg. Ich nahm ihm das Band ab. Auf der Plakette stand zu lesen: Ich heiße Benny und gehöre Lilly Alling.

›Aha‹, sagte ich zu Benny, ›du bist deiner Herrin weggelaufen! War sie denn nicht gut zu dir?‹

Der Hund hatte mir mit schiefem Kopf zugehört. Nun winselte er wieder, stärker und eindringlicher als vorher, wie mir schien, und stieß seinen Fang mehrmals auffordernd gegen mein Knie. Was will er nur, fragte ich mich beunruhigt, denn dies Winseln und Drängen bedeutete doch etwas! Aber was?

Ich versuchte Benny durch Streicheln und Zureden zu beruhigen. Aber sein Winseln wurde noch dringlicher, und er lief immer wieder zur Tür, kratzte daran und sah sich dann nach mir um. Ich ließ ihn hinaus. Er lief ein Stückchen in südlicher Richtung davon, blieb stehen und kehrte zu mir zurück, um mich aufs neue mit Winseln und Nasenstupsen zu bedrängen.

Mein Gott, dachte ich, ist diese Lilly Alling vielleicht hier in der Nähe? Im Schnee steckengeblieben oder sonstwie verunglückt?

Während ich noch herumrätselte, begann mein Morseapparat zu ticken. Mein Nachbar, Station Nr. 17, meldete sich.

›Gestern kam eine junge Frau auf der Wanderschaft bei mir vorbei‹, las ich von dem Streifen ab. ›Zeigte ihr den Weg zu dir. Ist sie angekommen? Sie heißt Lilly Alling. Hat einen Hund Benny bei sich.‹

Da verstand ich endlich, was den Hund zu mir geführt hatte: Seine Herrin lag auf dem Weg zu meiner Hütte irgendwo im Schnee, und Benny hatte sich aufgemacht, einen Menschen zu suchen und bei ihm Hilfe zu holen.

Nun war es dem einzelnen Streckenwärter aber nur im äußersten Notfall gestattet, die Station zu verlassen, um irgend jemand Hilfe zu bringen. Die Dienstanweisung schrieb uns vielmehr vor, in Notfällen die nächste Polizeistation zu verständigen.

Ich überlegte. Wenn ich den Polizeiposten Hazelton alarmierte, dauerte es mindestens sechs Stunden, bis einer der Beamten zu mir heraufkam. Bis dahin war die junge Frau jedoch wahrscheinlich schon erfroren. Wir hatten seit Tagen Fröste bis zu zwanzig Grad unter Null. Hier lag also der äußerste Notfall vor.

Ich gab dem Polizeiposten Hazelton Bescheid, damit man die vielleicht Verunglückte von meiner Hütte abholte. Sergeant Derrick war sehr erstaunt über meine Meldung. ›Junge Frau auf Wanderschaft? Jetzt, mitten im Winter? Piept es bei Ihnen, Marschall, oder bei dem Frauenzimmer?‹ fragte er zurück.

›Bei mir noch nicht‹, morste ich zurück. ›Ob bei ihr, wird sich herausstellen.‹ Mit Hilfe des Hundes fand ich Lilly Alling nach zwei Stunden. Sie hatte sich am Morgen bei einem Sturz im Schnee einen Fuß verstaucht und dann auf gut Glück Benny losgeschickt, meine Hütte zu finden und Hilfe zu holen. Ich brachte sie auf meinem Ein-Mann-Schlitten zu meiner Station.

Am Abend kam Sergeant Derrick mit seinem Hundeschlitten herauf. Bei dem kleinen Verhör, das er sofort in meiner Gegenwart mit der jungen Frau anstellte, bekamen wir eine sehr merkwürdige Geschichte zu hören.

›Nun sagen Sie mir bloß, was hat Sie zu diesem aberwitzigen Abenteuer verleitet‹, fragte Derrick. ›Sie haben ja nicht einmal richtige Schuhe an‹, stellte er mit einem Blick auf Lillys Tennisschuhe mißbilligend fest. ›Also, wo kommen Sie her, und wohin wollen Sie?‹

›Nach Sibirien!‹ Das Mädchen sagte das so gleichmütig, als ob Sibirien ihr tägliches Spaziergangsziel sei. Sie sprach übrigens, obwohl sie sich schon mehr als zwei Jahre in Amerika aufhielt, nur mangelhaft Englisch.

Dem Sergeanten und mir verschlug diese Antwort die Sprache.

›So, so, nur nach Sibirien‹, wiederholte Derrick sanftmütig. ›Und woher kommen Sie?‹

›Von New York‹, antwortete Lilly wiederum ganz gelassen.

›Und warum wollen Sie gerade nach Sibirien?‹

›Dort sind mein Vater, meine Mutter, mein Bruder‹, erklärte Lilly geduldig. ›Sie sind in Not. Ich darf sie nicht im Stich lassen. Und auch dort ist Rußland, meine Heimat‹, fügte sie leise, wie verschämt, hinzu. Sie hatte plötzlich Tränen in den Augen.

Derrick räusperte sich verlegen. ›Schon recht! Aber Sie jetzt mit Ihrem verstauchten Fuß weitergehen zu lassen, das kann ich nicht verantworten.‹

›Oh, wenn mein Fuß in ein paar Tagen gesund ist, bin ich stark‹, erklärte Lilly zuversichtlich. ›An Winter, Schnee und Frost bin ich gewöhnt. Auch daheim in Rußland sind die Winter lang und streng. Bitte, lassen Sie mich gehen!‹

›Und wovon wollen Sie unterwegs leben?‹, forschte Derrick streng. ›Betteln ist verboten!‹

›Oh, ich habe Geld!‹ Lilly zog stolz ihren Geldbeutel hervor und schüttete den Inhalt vor uns auf den Tisch. Es waren etwas mehr als achtzig Dollar! Damit war die Sache für Sergeant Derrick entschieden. Höflich, aber bestimmt erklärte er ihr, da sie ohne Einreiseerlaubnis und ohne genügende Unterhaltsmittel nach Kanada eingewandert sei, müsse er sie in Gewahrsam nehmen und in das Frauengefängnis Oakalla bringen.

Lilly begann vor Schreck und Angst zu weinen. ›Halten Sie mich doch nicht fest! Ich muß doch heim!‹

Doch da nahm sie wahr, daß Derrick lächelnd mit den Augen zwinkerte, daß es also mit der Festnahme nicht so ernst gemeint war. Sie faßte sich und war am anderen Morgen ganz vergnügt, als sie auf den Hundeschlitten gesetzt wurde, der sie nach Oakalla befördern sollte. Benny, ihr Hund, setzte sich sofort stolz an die Spitze und verriet dadurch, daß er ein gelernter Schlittenhund war. Irgendwann einmal mußte er ins Streunen und dabei weit nach Süden geraten sein. Wie Lilly uns berichtete, hatte sich der Hund vor einiger Zeit zu ihr gesellt und war unbeirrt bei ihr geblieben.

Sergeant Derrick hat dafür gesorgt, daß Lilly Alling erst einmal ins Gefängnislazarett kam, wo man sie kurierte und herausfütterte und danach in der Küche beschäftigte.

›Versprechen Sie mir in die Hand, daß Sie hier wenigstens bis zum nächsten

Frühjahr bleiben‹, sagte Derrick, als er alles für sie geregelt hatte und sich verabschiedete.

Ruhe und regelmäßige, ausreichende Mahlzeiten taten ihr wohl. Sie erholte sich schnell, und der Arbeitslohn vermehrte ihre Ersparnisse. Über ihren Plan, nach Sibirien zu wandern, sprach Lilly in Oakalla mit niemandem mehr. Aber im Mai packte sie ihr Bündel und nahm, von ihrem unzertrennlichen Freund Benny begleitet, ihre Wanderung nach Sibirien wieder auf.

Um das zu verstehen, muß man wissen, was Lilly Alling nach Amerika geführt hatte.

Sie stammte aus Moskau — aus einer Familie vermutlich deutschen Ursprungs, die dem wohlhabenden Bürgertum angehörte, einer Klasse also, die nach der russischen Revolution von 1917 unaufhörlich von Verfolgung und Verhaftung bedroht war. In den ersten Jahren des neuen Regimes lebten die Allings so zurückgezogen wie möglich, um nur ja nicht unliebsames Aufsehen zu erregen — immer in der Hoffnung, der Gang der Dinge werde sich für sie bald wieder zum Bessern wenden. Schließlich sahen sie ein, daß sie diese Hoffnung aufgeben mußten. Da beschlossen sie, ihr Vaterland zu verlassen.

Lilly gab uns zu verstehen, dieser Entschluß sei ihnen allen sehr schwer geworden, ihr jedoch am schwersten. ›Ein Leben ohne Moskau, ohne Rußland um mich — nein, das konnte ich mir nicht vorstellen. Aber zusammen mit Vater, Mutter und Bruder, das mochte vielleicht doch gehen.‹

Ihr Bruder Gregor hatte inzwischen ein Ämtchen bei der Polizeibehörde bekommen, das ihm die Möglichkeit gab, sie rechtzeitig vor Verfolgungen zu warnen.

Die Allings kamen deshalb überein, die nun achtzehnjährige Lilly solle das Wagnis auf sich nehmen, in der Fremde für ihre Familie eine neue Heimat zu suchen. Es gelang ihr, Riga zu erreichen. Hier verkaufte sie den Rest des Familienschmucks, den sie hinausgeschmuggelt hatte. Der Erlös reichte gerade für eine Schiffskarte nach New York.

Im Jahr 1923 kam sie dort an. Sobald sie in Amerika Fuß gefaßt hatte, sollte sie Nachricht nach Moskau geben. Dann — so war es verabredet — würden Eltern und Bruder ihr über den Atlantik folgen. Die Heimat hätte die Familie dann zwar für immer verloren. Doch darüber würde sie sich hinwegtrösten können, weil sie sich gemeinsam durch unverbrüchliches Zusammenhalten in der Fremde ein neues Leben aufbauen wollten — ein Leben ohne Angst.

Es gab damals in New York viele russische Emigranten. Sie halfen sich, wie und wo sie konnten. Hilfsbereite Landsleute verschafften Lilly Alling Arbeit in einem russischen Restaurant. Vom ersten Tag an legte sie jeden Dollar, den sie erübrigen konnte, für den Tag zurück, an dem ihre Familie herüberkam. Sie litt, wie sie uns gestand, unendlich unter unstillbarem Heimweh und konnte sich gar nicht mit der ihr unheimlichen Riesenstadt New York befreunden. Nur der ständige Umgang mit Landsleuten und eben die Hoffnung, bald mit ihrer Familie wieder vereint zu sein, ließen dies Heimweh nicht übermächtig werden.

Aber nach einem Jahr trafen sie schnell hintereinander zwei harte Schicksalsschläge. Eine Kollegin, mit der sie das Zimmer teilte, stahl ihr die Ersparnisse. Der zweite Schlag war noch härter. Ein Freund ihres Vaters, dem die Flucht gelungen war, teilte ihr mit, während einer neuerlichen Verhaftungswelle in Moskau habe man auch ihre Eltern und ihren Bruder festgenommen. Sie seien in ein sibirisches Straflager am Amur verschickt worden.

Eine halbe Stunde, nachdem sie diese Nachricht erhalten hatte, stand Lilly Allings Entschluß fest: Wenn sie nicht in dieser Fremde an Heimweh zugrunde gehen wollte, mußte sie versuchen, nach Rußland zurückzukehren und ihre Familie wiederzufinden. Auch Sibirien war ja Rußland, war Heimat.

Achtzig Dollar und ein wenig Kleidung, das war ihre ganze Habe. Eine Reise zu Schiff lag also außerhalb der Möglichkeiten. Der nächste gangbare Weg nach Sibirien führte fast ganz über festes Land, quer durch die Vereinigten Staaten, durch Kanada und Alaska. Freilich, eine Meeresstraße trennte Amerika von Sibirien — die Bering-Straße. Aber für diesen Streifen Wasser würde sich wohl ein Boot finden, das sie hinübertrug. Das wichtigste war für Lilly zunächst einmal, daß sich der größte Teil des Wegs zu Fuß, also ohne große Kosten, zurücklegen ließ.

Am folgenden Morgen ließ sie sich nach New Jersey übersetzen und trat getrost und hoffnungsfroh ihre mehrere tausend Kilometer lange Wanderung an. Mehrmals boten Autofahrer ihr unterwegs an, sie ein Stück mitzunehmen. Sie lehnte jedesmal ab. Sie fühlte sich in diesem Land immer noch so sehr als Fremde, daß sie nicht wagte, sich seinen Menschen bedenkenlos anzuvertrauen. Doch nachdem sie mehrere kalte Frühlingsnächte im Freien verbracht hatte, nahm sie endlich die Einladung gutmütiger Farmersfrauen an, in deren Haus zu übernachten und am Tisch mitzuessen. Manchmal half sie auch ein paar Tage lang auf dem Feld, um ihre Reisekasse aufzubessern.

In Minneapolis, in Chikago und Winnipeg arbeitete sie kurze Zeit in Hotelküchen. Spät im Herbst erreichte sie die Rocky Mountains und bog nach Norden ein. Eines Tages sah sie mein Kollege, Streckenwärter Nr. 17, plötzlich vor seiner Hütte auftauchen. Er gab ihr zu essen und ein Nachtquartier und den guten Rat, sie solle sich fortan an die Telegrafenlinie nach Norden halten, wenn sie schon nicht so verständig sein wolle, den Winter etwa in Hazelton zu verbringen.

Weshalb Lilly ihre Wanderung dann doch für diesen Winter unterbrechen mußte, habe ich bereits erzählt und auch, daß sie im folgenden Frühjahr aufs neue aufbrach, um ihren Weg nach Sibirien fortzusetzen.

Mitte Juni hatte sie bereits die Polizeistation Smithers an der Grenze zum Yukon-Territorium erreicht. Das bedeutet, sie hatte in vier Wochen Tag für Tag mindestens vierzig Kilometer zurückgelegt! Bitte, stellt euch einmal vor, was das heißen will in einem Gebirgsland, in dem es damals fast nur die schmalen Trampelpfade der Waldläufer und Streckenwärter gab. Man kann nur staunen über die Energie und die Ausdauer, die das Heimweh in diesem russischen Mädchen weckte.

Gestaunt hat denn auch der Sergeant des Polizeiposten Smithers, als Lilly bei ihm vorsprach. Sie hatte nun keine Angst mehr vor den Rotröcken der CMP und erzählte ihm offen ihre Geschichte. Er reagierte darauf wie jeder andere praktisch denkende Mensch: Er versuchte ihr den Plan auszureden. Aber Lilly blieb hartnäckig: ›Ich habe keine Angst. Bin ich so weit gegangen, werde ich auch weiterkommen.‹

Der Sergeant von Smithers zuckte die Achseln. Was das Mädchen beabsichtigte, war schließlich nichts Verbotenes, und sie unternahm es auf eigene

Rechnung und Gefahr. Er verständigte sämtliche Polizeiposten und Strekkenwärter der Telegrafenlinie bis Dawson und legte ihnen ans Herz, sich des Mädchens anzunehmen. Lilly nahm er das Versprechen ab, sich von nun an strikt an die Telegrafenlinie zu halten und sich bei jedem Streckenwärter zu melden. Dieses Versprechen hat sie gehalten, und daher weiß man auch über ihren Weg so gut Bescheid.

Als der Winter einsetzte, erreichte sie den Knotenpunkt Kelly der Telegrafenlinie. Hier hauste eine ganze Gruppe von Streckenwärtern. Sie ließen es sich nicht nehmen, für Lilly winterfeste Bekleidung anzufertigen und für ihren Begleiter Benny einen leichten Hundeschlitten, auf dem das Mädchen zumindest sein Bündel Habseligkeiten unterbringen konnte. Bei klarem und kaltem Wetter brach Lilly dann wieder auf und tauchte in den Riesenirrgarten der Wildnis am oberen Yukon ein, auf den sich nun die harte Hand des Winters gelegt hatte.

Wie fast immer zu Anfang Dezember in diesem Gebiet, schlug das Wetter nach der ersten scharfen Schnee- und Kälteperiode plötzlich nochmals um. Der Chinook wehte — der warme Wind vom Pazifik, der Regen bringt. Das bedeutete jedesmal höchste Alarmstufe für alle Streckenwärter, Lawinen gingen nieder und rissen die Masten reihenweise um. Aber diesmal waren beim Chinook die Streckenwärter nicht nur ständig unterwegs, um die Drähte zu flicken, sondern auch um nach dem russischen Mädchen Ausschau zu halten, das in ihrem Gebiet durch die lawinenbedrohten Täler wanderte. Einer der Streckenwärter des Knotenpunkts Ogilvie machte sich auf, ihr entgegenzugehen, weil sie tagelang ausblieb, nachdem der letzte Streckenwärter sie angemeldet hatte. ›Vielleicht braucht sie dringend Hilfe‹, meinte er. Als er nach drei Tagen nicht zurückgekehrt war, folgten zwei Kollegen seiner Spur bis zum Ningunsaw-See. Hier brach die Spur unter einem Steilhang ab. Eine Lawine hatte den hilfsbereiten Mann verschüttet. Sie gruben ihn aus den Schneemassen hervor, trugen den Toten zur Station und begruben ihn neben ihrer Hütte. Einen Tag später traf Lilly ganz vergnügt in Ogilvie ein. Lawinen hatten zwar auch sie eingekreist, aber nicht getroffen, sondern nur einige Zeit aufgehalten.

Die Streckenwärter von Ogilvie hörten ihren Bericht nicht ohne eine gewisse Bitterkeit. ›Sie ist durchgekommen‹, sagten sie zueinander, ›aber unser Kamerad, der ihr helfen wollte, nicht. Man sollte ihr sagen, was er für sie auf sich genommen hat.‹ Aber einer von ihnen war doch verständig genug, daß er dieses Vorhaben unterband.

›Laßt das‹, sagte er. ›Sie geht einen schweren Weg und ist noch längst nicht am Ziel. Wollt ihr diesem armen Mädchen auch noch das Herz schwermachen?‹

Im tiefsten Winter kam Lilly in Dawson an. Sie hatte die bissigen Fröste und die gewaltigen Schneestürme, die das Bergland am oberen Yukon um die Jahreswende heimsuchten, ohne Schaden überstanden. Streckenwärter, Pelzjäger, Polizeiposten hatten dem wandernden Mädchen geholfen und ihm Quartier gegeben, wenn es mit Hund und Schlitten im Dämmergrau eines Wintertags oder gar mitten in der vom Polarlicht geisterhaft erhellten Nacht wie ein Gespenst vor einer einsamen Hütte in der weglosen Schneewildnis auftauchte.

Auch in Dawson legte Lilly Alling wiederum eine längere Rast ein und arbeitete bis zum Anbruch des nächsten Frühlings als Küchenhilfe. Von den Ersparnissen, die sie in diesem Winter machte, erstand sie ein kleines Boot, das sie schneller als die Füße der Bering-See entgegentragen würde.

Wenn das Eis des Yukon-Stroms aufbricht — zumeist Anfang Juni —, bedeutet das in jedem Jahr für Dawson ein Festtag. Auch in jenem Jahr war es nicht anders. Sobald der Strom das Eis zu sprengen begann, packte Unruhe die ganze Stadt. Und dann brach eines Mittags die Eisfläche auf. Die Schollen stießen krachend gegeneinander, schoben sich übereinander und setzten sich schließlich wie eine Flotte stromabwärts in Marsch. Lärmend drängten sich die Zuschauer am Ufer, bis plötzlich einer rief: ›Seht doch, seht doch — das russische Mädchen!‹

Der Lärm verstummte, und die Leute starrten verblüfft auf den geflickten kleinen Kahn, der dicht hinter den Eismassen in die Strommitte glitt. Im Heck des Bootes saß Lilly und schwang das Paddel. An ihre Knie drängte sich ihr schwarz-brauner Hund Benny, und vor ihr lag das Bündelchen ihrer Habseligkeiten. Das Schweigen der Verblüffung begleitete sie einige Minuten lang, bis einer die Sprache wiederfand und ihr ein Hurra nachschickte, das von den anderen Zuschauern aufgenommen und zu einem gewaltigen Gebrüll verstärkt wurde. Man starrte dem Boot nach, bis es hinter der nächsten Biegung verschwand, und ging auseinander in der Überzeugung, Lilly werde das Meer mit diesem wackligen Kahn niemals erreichen. Doch nach einiger Zeit kam die Nachricht nach Dawson, Lilly Alling sei am unteren Yukon, bei Tanana, gesehen worden und ein paar Wochen später an der Küste, in Nome, wo sie Proviant einkaufte. Ein Eskimojäger wußte noch später zu berichten, er habe das Boot mit dem Mädchen und dem Hund darin weit draußen auf dem Meer gesichtet und ihm zugerufen: ›Kehre um, von Westen her kommt Nebel auf!‹ Aber das Mädchen habe ihm nicht geantwortet, sondern sei unbeirrt weitergefahren — der sibirischen Küste entgegen.

Dies war das letzte, was man auf amerikanischer Erde von Lilly Alling gehört hat. Wir Streckenwärter haben uns noch oft über das Schicksal des russischen Mädchens unterhalten. Am Ende unserer Gespräche stand immer wieder die Frage: Hat sie Sibirien erreicht? Hat sie dort Eltern und Bruder, hat sie die Heimat wiedergefunden?

Die Nebel der Bering-Straße oder die endlosen Weiten und Wildnisse Sibiriens allein wissen die Antwort. Wir können nur hoffen und wünschen, daß die gläubige Opferbereitschaft und Ausdauer dieses Mädchens belohnt und daß sein Heimweh gestillt wurde — wie wir allen Menschen, die ihr hungriges Herz an einen Traum hängen, gönnen wollen, daß sie einmal wenigstens satt werden.«

Nachwort

Mädchengeschichten! Ich bin das Wagnis, eine neue Anthologie herauszugeben, wieder einmal eingegangen, habe Autoren zur Mitarbeit an einem Buch eingeladen und um Originalbeiträge gebeten, die von Mädchen berichten, deren Erlebnisse schildern.

Mädchengeschichten in unserer Zeit, in der die Mädchen Jeans tragen und viele sich die Haare kurzschneiden lassen, dem Zeitgeschmack folgend, während sich die Jungen aus dem gleichen Grund in wallendem Haar und Blümchenblusen gefallen? Verkehrte Welt? Verwischte Grenzen? Attribute sich annähernder Standpunkte? Äußerliche Zeichen einer Bewußtseinsveränderung, die ihr Ziel in der Gleichberechtigung sieht?

Und trotzdem Mädchengeschichten? Warum nicht Jungengeschichten? Gewiß, warum nicht, aber das wäre das Thema eines anderen Bandes. Worum es mir geht: das ist die Individualität eines jeden einzelnen. Sie ist schwierig zu finden und meist noch schwieriger zu behaupten, aber jeder Mensch hat ein Anrecht darauf. Ich halte nichts von Eltern, die den kleinen Töchtern das Spielzeugauto und den Indianeranzug vorenthalten und sie bis zur Rotznasigkeit heulen lassen, während sie den kleinen Söhnen Puppe und Puppenwagen verwehren und deren Schmerz mit »Heul nicht, du bist ein Junge!« abtun. Ich halte dagegen sehr viel von Eltern, die den Sohn ebenso selbstverständlich Geschirr spülen lassen, wie sie der Tochter den Fahrradschlauch zum Flicken geben.

Aber gar nichts halte ich von Forderungen, die eine vollkommene Gleichbehandlung zum Ziel haben, so als gäbe es außer einigen biologischen

Unterschieden keine anderen zwischen Mädchen und Jungen. Spätestens mit dem Beginn des naturgebundenen Reglements, dem sich jedes Mädchen über Jahrzehnte hinweg zu unterwerfen hat, ohne gefragt zu werden, ob es das will oder nicht, wird ihm sein Unterschied zum anderen Geschlecht klar werden. Es wird aber auch begreifen, daß es von seiner Geburt an einen Weg vorgezeichnet bekommen hat, aus dem es nicht ausbrechen kann und daß es neben Nöten, Folgen, Kümmernissen und Schmerzen auch Liebe, Freude und Zufriedenheit in einem — bis jetzt nur erahnten — Ausmaß geben wird, die ein Mann in seiner eigenen Empfindungswelt niemals kennenlernt. Daran hat sich durch noch so unterschiedliche Zeiten mit ihren noch so verschiedenen Auffassungen bis zum heutigen Tage nichts geändert.

Ich halte nichts davon, Tabus zu brechen, um sie durch neue zu ersetzen. In der Familie aufzugehen, kann ein Ziel sein, in einem Beruf aufzugehen, kann ein Ziel sein. Das eine ist nicht weniger erstrebenswert als das andere. Und wenn die Geschichten dieses Buches dazu beitragen, daß ein Mädchen sich seiner Liebe zu seinen Eltern, sich seines Heimwehs nach seiner Heimat, sich seiner Trauer um seinen Vater, sich seiner Unsicherheit, einen neuen Weg zu finden, sich der Schwierigkeit, ein Kind zur Welt zu bringen, nicht mehr schämt, dann ist der Zweck dieses Buches, nämlich diesem Mädchen bei seiner Persönlichkeitsfindung zu helfen, erreicht.

Mädchengeschichten, schrieb mir einer der Autoren, was für ein dünnes Eis, aber wenn Sie sich darauf wagen, will ich es auch tun. Allen Autoren, die es mit mir gewagt haben, bin ich zu großem Dank verpflichtet.

Nottensdorf, im Frühjahr 1974   Barbara Bartos-Höppner

Die Autoren

ALLFREY, KATHERINE, geboren 1910 in Verl, Kreis Wiedenbrück. Lebt heute in Little Naish/England. Für ihr Buch »Delphinensommer« erhielt sie 1964 den Deutschen Jugendbuchpreis. Weitere wichtige Bücher: »Dimitri«, »Taube unter Falken«, »Penny Brown«.
Der Katzensprung   Seite 93

BARTOS-HÖPPNER, BARBARA, geboren 1923 in Eckersdorf, Kreis Bunzlau/Schlesien. Lebt heute in Nottensdorf bei Hamburg. Für ihr Buch »Kosaken gegen Kutschum-Khan« erhielt sie den 1. Preis der »New York Herald Tribune«. Ihr Buch »Die Bucht der schwarzen Boote« steht auf der Ehrenliste des Intern. Hans-Christian-Andersen-Preises. Mitglied des PEN-Clubs. Weitere wichtige Bücher: »Tausend Schiffe trieb der Wind«, »Die Königstochter aus Erinn«.
Ruth — so war sie eben   Seite 58

BRENDER, IRMELA, geboren 1935 in Mannheim. Lebt heute in Sindelfingen. Erhielt 1961 für ihr Buch »Noch einmal dankeschön« einen Preis für das beste Manuskript eines Mädchen-Romans. Ihr Buch »Jeanette, zur Zeit Schanett« stand 1973 auf der Auswahlliste zum Deutschen Jugendbuchpreis. Weitere wichtige Bücher: »Und schreib mal aus Warschau«, »Fünf Inseln unter einem Dach«, »Man nennt sie auch Berry«.
Caroline, über Wiesen laufend   Seite 7

DONAT, ERNA, geboren 1914 in Berlin. Lebt heute als freie Schriftstellerin in Hannover. Beruf: Redakteurin. Ihre wichtigsten Veröffentlichungen: die Romane »Babineck« und »Das hübsche Fräulein Faber« sowie Schauspielerporträts von Otto Brahm, Curt Bois, Tilla Durieux, Elsa Wagner, Eduard von Winterstein.
Ein seltsamer Junge   Seite 117

ENGELHARDT, INGEBORG, geboren 1904 in Posen. Lebt heute in Altmölln/Schleswig-Holstein. Für ihr Buch »Ein Schiff nach Grönland« erhielt sie 1962 einen

Sonderpreis zum Deutschen Jugendbuchpreis. Weitere wichtige Bücher: »Im Schatten des Staufers«, »Dunkles Glas und Fisch in der Lampe«, »Hexen in der Stadt«.
Mühsamer Heimweg   Seite 38

HASLER, EVELINE, geboren 1933 in Glarus/Schweiz. Lebt heute in St. Gallen. Ihr Buch »Adieu Paris, adieu Catharine« steht auf der Ehrenliste des Intern. Hans-Christian-Andersen-Preises. Weitere wichtige Bücher: »Der Sonntagsvater«, »Komm wieder, Pepino«, »Unterm Neonmond«.
Ein schnelles rotes Auto   Seite 22

LÜTGEN, KURT, geboren 1911 in Glietzig/Pommern. Lebt heute in Bad Salzuflen. Erhielt 1952 und 1972 den Friedrich-Gerstäcker-Preis der Stadt Braunschweig und 1956 und 1967 den Deutschen Jugendbuchpreis. Mitglied des PEN-Clubs. Wichtige Bücher: »Kein Winter für Wölfe«, »Das Rätsel Nordwestpassage«, »Wagnis und Weite«.
Weißt du, was das heißt . . .   Seite 137

RECHLIN, EVA, geboren 1928 in Prillwitz/Mecklenburg. Lebt heute in Berchtesgaden. Ihr Buch »Tonki soll leben« steht auf der Ehrenliste des Intern. Hans-Christian-Andersen-Preises. Weitere wichtige Bücher: »Die Töchter«, »Vaterland, deine Kinder«, »Dominique, junger Gast aus Frankreich«.
Johannisparty   Seite 81

RICHTER, HANS PETER, geboren 1925 in Köln. Lebt heute in Mainz. Für sein Buch »Damals war es Friedrich« erhielt er 1961 den Jugendpreis des Sebaldus-Verlages. 1971 wurde er mit dem Mildred Batchelder Book Award ausgezeichnet. Weitere wichtige Bücher: »Ich war kein braves Kind«, »Katzen haben Vorfahrt«, »Der Erzengel des Schreckens«.
Reisebekanntschaft   Seite 107

RODRIAN, IRENE, geboren 1937 in Berlin. Lebt heute in München. Erhielt 1967 den Edgar-Wallace-Preis und stand 1970 auf der Auswahlliste des Deutschen Jugendbuchpreises. Wichtige Bücher: »Die Welt in meiner Hand«, »Ein Zeuge zuviel«, »Der Mann im Schatten«.
Coconut   Seite 12

SEUFERT, KARL ROLF, geboren 1923 in Frankfurt am Main. Lebt heute in Hallgarten/Rheingau. Erhielt 1962 den Friedrich-Gerstäcker-Preis der Stadt Braunschweig und 1973 den Kurt-Lütgen-Sachbuchpreis des Arena-Verlages für sein Buch »Durch den schwarzen Kontinent«. Weitere wichtige Bücher: »Ihr Ritt nach Lhasa«, »Die Schätze von Copán«, »Und morgen nach Nimrud«, »Durch den Schwarzen Kontinent«.

Die Jadegöttin *Seite 66*

SLABÝ, ZDENĚK K., geboren 1930 in Prag und lebt heute dort als Lektor eines Jugendbuchverlages. Sein Buch »Der orangefarbene Mond« stand auf der Auswahlliste des Deutschen Jugendbuchpreises. Weitere wichtige Bücher: »Das Geheimnis der orangefarbenen Katze«, »Die kleine Windsbraut Edeltraut«, »Das Zauberbuch«.

Die Korallenkette *Seite 130*

WETHEKAM, CILI, geboren 1921 in Buvrinnes/Belgien. Lebt heute in Bremen. Für ihr Buch »Tignasse, Kind der Revolution« erhielt sie 1972 den Jugendbuchpreis »Buxtehuder Bulle« und kam damit auf die Auswahlliste des Deutschen Jugendbuchpreises. Weitere wichtige Bücher: »Drei Tage und kein Ende«, »Gebt acht auf Fräulein Wurzelwein«, »Vollpension für 17 Wilde«.

Die Zeit danach *Seite 48*

WIEMER, RUDOLF OTTO, geboren 1905 in Friedrichsroda. Lebt heute in Göttingen. Mit seinen Büchern »Pit und die Krippenmänner« und »Der gute Räuber Willibald« stand er auf der Auswahlliste des Deutschen Jugendbuchpreises. Weitere wichtige Bücher: »Kalle Schneemann«, »Unsereiner«, »Helldunkel«.

Stadturlaub *Seite 32*

Außergewöhnliche Erzählungen bei Arena

Kurt Lütgen
Wagnis und Weite
Friedrich-Gerstäcker-Preis
Auch in diesem Buch führt Kurt Lütgen seine Leser weit hinaus in die Welt: an die Hudson-Bai, nach Florida und um den ganzen Erdball. Er schildert das Leben von vier außergewöhnlichen Frauen, deren Erlebnishunger und Wissensdrang, deren menschliche Einsatzbereitschaft und Willensstärke den Rahmen ihrer Zeit sprengten.
228 Seiten, vierfarbiger Schutzumschlag

Irene Rodrian
Ein Zeuge zuviel
»Spannend, ein richtiger Krimi, ist die Detektiverzählung von Irene Rodrian: ›Ein Zeuge zuviel‹, in der sich Do als Detektivin versucht und in schwere Verwicklungen gerät. Die Autorin hat eine fesselnde Handlung flüssig geschildert, kompliziert verschlungen, so daß die Spannung von Anfang bis zum Ende durchhält.«
136 Seiten, mehrfarbiger Schutzumschlag   Deutsche Tagespost

Katherine Allfrey
Taube unter Falken
Ein Mädchen auf der Suche nach seiner Bestimmung. »Die Autorin arbeitet sowohl die Kontraste als auch die Konfliktsituation des Mädchen wirksam heraus, verlagert das Schwergewicht auf die Seite der Humanität und fesselt bis zur letzten Seite.«   Main-Post
240 Seiten, mehrf. lam. Schutzumschlag

Arena

Anspruchsvolle Mädchenbücher bei Arena

Gunnel Beckman
Ich, Annika
Auf der Bestliste zum Deutschen Jugendbuchpreis
»Annika, eine junge Schwedin, die an Leukämie unheilbar erkrankt
ist, fährt in die Einsamkeit eines Landhauses und beginnt dort, alle
ihre Eindrücke niederzuschreiben. Der Leser bekommt Einblick in
eine Gedankenwelt, in der sich ein vielschichtiges Leben widerspie-
gelt: ihre Begegnung mit dem Vater, das Zusammenleben mit der
Mutter, ihr Verhältnis zu ihrem Verlobten Jakob. Im Verlauf der Brief-
Erzählung analysiert Annika sich selbst; dadurch wird sie einsichti-
ger, reifer und bereit, sich dem drohenden Schicksal zu stellen.«
138 Seiten, mehrf. lam. Schutzumschlag   Buchprofile, München

Max Lundgren
Der Sommer mit Brit
Ein Mädchen aus sozial schwierigen Verhältnissen wird von der
Behörde zu einer Familie aufs Land geschickt. Dort ändert sich ihre
Einstellung grundlegend. »Dieses Buch ist sehr offen, sehr wahr und
sehr folgerichtig geschrieben. Es gibt dem Leser die Möglichkeit
und macht es ihm zur Aufgabe, allgemeine menschliche Schwierigkeiten zu überdenken, und führt zwangsläufig zur Überprüfung der
eigenen Position. Besonders bemerkenswert ist, daß endlich einmal
ein Mädchen aus der unterprivilegierten Schicht so geschildert
wird, daß der Leser es kennen- und achten lernt.«
128 Seiten, mehrf. lam. Schutzumschlag   VJA Dortmund

Die neue Reihe der »Geschichten unserer Zeit«

In dieser Reihe erschienen bereits in gleicher Ausstattung und ebenfalls herausgegeben von Barbara Bartos-Höppner:

Weihnachtsgeschichten unserer Zeit
»Dieser Band unterscheidet sich wohltuend von manchen anderen
Anthologien, denn hier haben eine ganze Reihe der bekanntesten
Jugendbuchautoren in einer ansprechend nüchternen und doch
wieder ganz persönlichen Art einen Beitrag zum Erlebnis der Weih-
nacht geleistet und helfen so, dem Fest in unserer modernen Zeit
seinen tieferen Sinn zu bewahren.« Literatur-Report
168 Seiten, illustriert

Tiergeschichten unserer Zeit
Marumba, der Elefant, fällt nachts aus seinem Eisenbahnwaggon und
setzt eine ganze Stadt in Schrecken. Die Esel Agamemnon, Hektor
und Achill brennen mit ihrem Karren durch und retten damit ihrem
Herrn sogar das Leben: Das sind nur einige der Geschichten, die
bekannte Autoren für diese Anthologie geschrieben haben.
192 Seiten, illustriert

Abenteuergeschichten unserer Zeit
Abenteuer heute — mit diesem Begriff verbindet sich für die meisten
Menschen sofort der Gedanke an waghalsige Unternehmen und
gefahrvolle Situationen. Auch unsere technisierte Welt bietet dazu
je nach persönlicher Neigung noch manigfaltige Möglichkeiten.
»Dieses Buch ist eine lohnende Anschaffung. Alle Geschichten sind
mehr oder weniger wahr, und man merkt jeder Zeile an, daß die Ver-
fasser wissen, über was sie schreiben.« Wetzlarer Neue Zeitung
176 Seiten, illustriert